SOUDAIN
UN FILS

Christophe Coffre

SOUDAIN UN FILS

Les Presses de la Cité

Ce livre est une œuvre de fiction. Les noms, les personnages, les lieux et les événements sont le fruit de l'imagination de l'auteur ou sont utilisés fictivement. Toute ressemblance avec des personnes réelles, vivantes ou mortes, serait pure coïncidence.

Les Presses de la Cité, un département Place des Éditeurs
92, avenue de France — 75013 Paris

ISBN 978-2-258-20772-1
Dépôt légal : mai 2024

À (vous) t(r)oi(s)

1

Les couleurs du Polaroid sont tellement délavées qu'on dirait une petite aquarelle peinte maladroitement sur un mauvais papier. Au premier plan, on reconnaît sa mère et son sourire XXL. Son regard brille exagérément. Sa peau luit, sûrement à cause de la sueur : elle a dû danser, elle adore danser. Derrière elle, à un ou deux mètres en retrait, adossé au bar, on devine un homme, « un individu masculin de type caucasien », selon la formule consacrée des films policiers. Il pointe un verre à cocktail en direction du photographe, comme pour l'inviter à trinquer. L'ambiance est à la fête. Seul un proche pourrait, du fait de sa corpulence et de son attitude, reconnaître l'homme avec certitude. En revanche, le lieu où a été prise la photo est identifiable au premier regard. C'est le bar qui se trouve derrière le grand centre commercial, à quelques rues de chez eux. Depuis le jour où cette photo a été prise, l'établissement a changé plusieurs fois de propriétaire et autant de fois de nom, pas de décoration intérieure, ce qu'on peut déplorer. Ce Polaroid a, pendant des années, sommeillé dans l'obscurité du tiroir de la table de chevet de sa mère. Puis il a atterri, sans qu'on sache très bien ni pourquoi ni comment, dans le fond d'une boîte à chaussures pleine de Lego, de planchettes Kapla et de plaques de métal Meccano. Djibril est tombé dessus en cherchant des piles pour son Walkman. Il n'y a pas vraiment prêté attention quand, brusquement, il s'est revu dans son pyjama à rayures marron, les jambes ramenées sous lui sur le canapé du salon, pendant que sa mère lui racontait une drôle d'histoire qui, dans son souvenir pâlot, avait plus ou moins un rapport avec ce Polaroid. À l'époque, trop jeune et surtout trop occupé à lutter contre les forces de Véga armé de sa figurine du prince héritier de la planète Euphor, le bien nommé Actarus, il n'en avait pas fait grand cas.

Cette fois-ci, il a la ferme intention d'être plus attentif aux explications de sa mère.

Depuis qu'il est réveillé, Djibril observe le Polaroid comme s'il cherchait un détail que la nuit lui aurait soufflé. Peut-être qu'à force de faire courir la pulpe de son pouce sur le visage de l'homme, il espère lui redonner des traits nets et précis. Il semble y renoncer, quand il entend enfin la clef dans la serrure.

Djibril n'a jamais appréhendé de rester seul le soir. L'appartement est rassurant et il sait que, quelle que soit l'heure et quelle qu'en soit la raison, il peut aller frapper à l'une ou l'autre des portes palières. Les voisins, c'est la famille. Enfin, tout comme. Malgré tout, il a toujours vécu comme un soulagement le retour de sa mère. Peut-être que, sans se l'avouer, il se fait du souci pour elle. De gros chiffres digitaux rouges indiquent 7 h 35 sur son réveil. Presque trois quarts d'heure de retard. Connaissant sa mère, elle a dû parcourir toute la ville pour lui dénicher un flan à se damner. Elle le fait tous les ans. En tournant machinalement les pages d'un magazine féminin échoué sur la table basse du salon, il a remarqué un nom de pâtisserie entouré au crayon de papier. Il ne serait pas étonné que son gâteau d'anniversaire vienne de là. D'habitude, dès que la porte se referme, il se lève et va se blottir dans les bras de sa mère. Elle sent encore l'hôpital et la nuit, une odeur familière qui achève de le rassurer. Mais aujourd'hui il lui laisse le temps de la mise en scène. Il ne veut pas lui gâcher son plaisir.

2

Marcello n'a toujours pas appris à nager.

Vingt ans durant, il s'est noyé avec délectation dans l'ambre des yeux d'Odile. Demain, cela fera trois ans qu'elle s'est éteinte, et il n'a toujours pas repris sa respiration.

Chaque jour, il ressemble un peu plus à ces corps retrouvés après un long séjour dans l'eau. Le teint verdâtre, les yeux globuleux et le bide gonflé. Les antidépresseurs, les larmes, l'alcool.

Marcello habite encore dans le camping de bungalows hérité de ses beaux-parents. Odile aspirait à une autre vie, loin des montagnes et des forêts de Haute-Savoie qui avaient bercé son enfance et son adolescence. Elle rêvait d'étendues désertiques, craquelées, à perte de vue. Elle voulait que rien ne s'oppose à l'horizon, excepté peut-être quelques cactus. Mais, à la seconde où elle avait su que ses parents ne reviendraient jamais de ce dîner chez leurs amis – un routier surmené s'était assoupi au volant de son Scania –, elle avait décidé de poursuivre leur rêve. *Ce petit bout d'Amérique*, comme l'appelait sa mère, était devenu son petit bout d'Amérique, comme il deviendrait celui de Marcello.

Malheureusement, le crabe qui l'a dévorée a aussi dévoré son *petit bout d'Amérique*.

Marcello et elle ont consulté les plus grands cancérologues de France, d'Italie et de Suisse. Ils ont suivi les protocoles les plus expérimentaux. Chaque nouvel espoir exigeait le sacrifice d'un ou deux bungalows. Leurs assurances-vie et leurs comptes-épargne chétifs ont été engloutis aussi vite que des petits-fours lors d'un vernissage. Après avoir essuyé le refus de plusieurs banques, Marcello a contracté un crédit auprès de son nouvel employeur.

Odile, avec son élégance coutumière, s'est retirée juste avant que Marcello ne doive se résoudre à céder le dernier bungalow : le leur. Celui qu'ils avaient choisi pour accueillir leurs futurs enfants. C'était précisément en essayant de concevoir le premier qu'ils avaient découvert sa maladie. Une fausse couche avait révélé une forme extrêmement rare du cancer du col de l'utérus.

Ce bungalow, érigé en dernier, à l'écart des autres, est sans conteste le plus beau. Sous certains points de vue, on ne voit que lui à des kilomètres à la ronde. Son volume est harmonieux et son architecture extérieure se fond parfaitement dans l'environnement. Il semble appartenir à la forêt. Et sa façade s'offre au lac comme un présent à l'immensité.

Chaque matin, faisant fi de la météo, Odile se baignait nue dans les eaux sombres, crawlant sans éclaboussures, jusqu'à la plateforme que son père avait installée à une centaine de mètres du rivage le jour de ses 8 ans. Elle se hissait dessus, faisait de grands gestes en direction de Marcello, resté prudemment sur la rive. Généralement, il lui répondait en pointant son mug dans sa direction pour lui signifier qu'un bon café chaud l'attendait à son retour. Elle se dressait alors sur ses longues jambes fuselées et d'une impulsion souple disparaissait, tête la première, avant d'affleurer à la surface quelques secondes plus tard – une éternité pour Marcello. Puis elle jaillissait du lac et se précipitait dans ses bras. Prévenant, il l'enveloppait dans un immense drap de bain et la frictionnait jusqu'à ce qu'elle soit complètement sèche et réchauffée. Ils n'échangeaient pas le moindre mot. Leurs yeux parlaient pour eux. Ensuite ils buvaient leur café, toujours en silence. Odile savait que Marcello avait besoin de la symphonie de la forêt pour bien démarrer sa journée. Lui qui n'avait jamais mis les pieds dans une salle de concert raffolait de ces accords subtils de babillages et de piaillements, de ces arpèges de bruissements et de respirations.

L'engourdissement de la nuit battait doucement en retraite devant les décilitres de café qu'il buvait à grandes lampées. Ensuite, ils faisaient l'amour avec cette délicieuse langueur propre aux ébats matinaux. Et, dans le bleu de l'aube qui pâlissait, les premiers râles. Alors seulement venaient les mots.

3

Son service se termine dans moins d'une heure. Après bientôt douze heures passées debout, ses chevilles sont enflées et ses jambes lourdes.

À l'exception du décès de la 219, M. Paillard, attendu depuis plusieurs jours, la nuit a été paisible. Ses autres patients, elle en gère 11, se sont montrés particulièrement raisonnables. Même Mme Usureau s'est endormie sans faire de complications. La nuit précédente, elle s'est agrippée à Selma avec une force étonnante pour une femme de son âge et de sa corpulence. Il lui arrive, quand le sommeil vient et qu'elle se sent partir, de paniquer à en perdre raison. Dans ces moments-là, Selma préfère être à ses côtés. La marque sur son avant-bras est encore bien visible et son radius un chouïa douloureux au toucher. Elle en a vu d'autres.

Selma Bellal est infirmière depuis une vingtaine d'années. Pour les plus jeunes, elle est « un phare dans la nuit », comme l'a présentée, avec son humour pince-sans-rire, le chef de service. Les débutants redoutent plus que tout les gardes de nuit. Venir à bout de l'agitation et des angoisses nocturnes des malades demande du doigté. Le conseil de Selma est simple et toujours le même : « Souriez ! » Le sien, de sourire, est connu de chaque service de l'hôpital. Tel un pickpocket solaire, il fait main basse sur tout : votre mauvaise humeur, vos doutes, vos angoisses, et même vos douleurs. En plus de dévoiler deux rangées de dents parfaitement blanches et alignées, il souligne, s'il en était besoin, la perfection des traits de son visage et le velouté irréel de sa peau. À un moment ou à un autre, tous les médecins y ont succombé. Elle reçoit fréquemment des invitations à dîner ou à prendre un verre, invitations auxquelles elle ne donne jamais suite. Pour autant, personne n'en prend ombrage. Les plus anciens ont depuis longtemps renoncé à l'inscrire à leur tableau de chasse, mais ont continué à guetter du coin de l'œil rieur les échecs à répétition des nouveaux arrivants.

L'âge n'altère en rien le pouvoir de séduction de Selma Bellal. Bien au contraire. Mais elle n'a qu'un homme dans sa vie : son fils. Et aujourd'hui, c'est son anniversaire. En sortant d'ici, elle se rendra directement dans le quartier Saint-Jean, à la pâtisserie À la marquise. Ce n'est pas sur son trajet, mais elle a lu quelque part qu'on y vend le meilleur flan de la ville, le gâteau préféré de son fils. Rien n'est jamais assez bon pour lui. Si elle attrape le 69 tout de suite, elle aura le temps de rentrer chez elle, de disposer les 17 bougies sur le gâteau et de lui offrir son cadeau avant qu'il ne parte au lycée. Il ne commence qu'à 9 heures. La veille, elle a pris soin de vérifier discrètement dans son agenda avant qu'il ne se réveille et qu'ils ne prennent, en tête à tête, leur petit déjeuner, comme tous les matins. C'est son moment préféré de la journée. Elle lui fait un bref résumé de sa nuit, en prenant soin toutefois de lui épargner les situations les plus scabreuses, puis l'interroge invariablement sur sa vie lycéenne et amoureuse. Lui esquive habilement certaines questions, répond sincèrement à d'autres et finit toujours par lui raconter, avec passion et force détails, le film qu'il a vu la veille à la télévision. Elle l'écoute sans l'interrompre. Les rares fois où, au hasard de la programmation, elle tombe sur un de ces films, elle le trouve toujours moins bien que l'idée qu'elle s'en est faite à travers le récit de son fils.

Djibril a beau grandir, se transformer, muer, et bien sûr prendre de plus en plus d'indépendance, leur complicité demeure vivace et les moments passés ensemble d'une rare qualité. À en croire les échanges qu'elle a épisodiquement avec les autres mères, notamment lors des réunions parents-profs, ce n'est que très peu le cas dans les autres familles. Elle se considère comme une mère privilégiée. En général, Selma émerge entre 13 et 14 heures. Dès lors, elle espère recroiser Djibril une petite heure, entre la sortie du lycée et son départ pour l'hôpital. Elle lui prépare un dîner qu'il découvre en général aux alentours de 19 h 30, quand les premières crampes d'estomac lui indiquent la direction du frigo. Il ne manque jamais de lui laisser, sur la table de la cuisine, un petit mot de remerciement d'une indicible tendresse. Elle se délecte par avance de sa lecture. Elle aime son écriture ronde encore enfantine. Son style, lui, commence à s'affirmer avec des tournures de phrases un peu plus recherchées. Samedi, ils fêteront dignement ses 17 ans. Tous les deux. Rien que tous les deux.

4

Marcello a de l'eau jusqu'aux épaules, jamais il ne s'est aventuré aussi loin dans le lac. Odile aurait été fière de lui. Encore quelques pas et…

Il y a longtemps qu'il a perdu pied. Trop longtemps. Vivre sans elle n'a aucun sens.

En guise de petit déjeuner, il a avalé trois somnifères puissants, qu'il a trouvés en fouillant dans l'armoire à pharmacie d'Odile. Ils faisaient « armoire à pharmacie à part », pour reprendre une blague douteuse ou désespérée d'Odile au plus fort de sa maladie.

Les anxiolytiques commencent à faire effet. Il se laisse partir. Il y a longtemps qu'il ne s'est pas senti aussi apaisé. Il a l'impression que son corps devient liquide et se mélange avec l'eau du lac. Il regrette qu'elle ne soit pas plus limpide, il aurait aimé voir le fond. Un bref instant, un sourire déforme sa bouche, juste avant que ses paupières ne se ferment complètement. Se réveiller contre Odile, il ne pense plus qu'à ça. La chaleur de sa peau le réchauffe déjà. Est-ce que ce sont des algues qui effleurent son visage et se mêlent à ses cheveux ou bien est-ce Odile qui le caresse ?

Une voix l'appelle.

— Marcello ! Marcello !

Ce n'est pas celle de sa femme. Il ne reconnaît pas son intonation appuyée sur le *o*, à la fois franche et chantante.

— Marcello ! Marcello !

La panique commence à le gagner. Une gifle cinglante sur sa joue droite. Une seconde sur la gauche lui ouvre brutalement les yeux. Il se met à dégurgiter l'eau du lac. Penché au-dessus de lui, un homme, la cinquantaine, le front barré par des lunettes de ski, bonnet vissé sur la tête, le maintient sur le côté et l'aide à recracher en le tapotant dans le dos.

— Putain, vous m'avez foutu une de ces trouilles !

Rassemblant le peu de forces qu'il lui reste, Marcello parvient à s'asseoir.

— Désolé pour la paire de claques.

Marcello se caresse machinalement la joue et passe sa langue sur ses lèvres bleuies. Puis il s'agrippe du bout des doigts à l'écorce d'un arbre.

— C'est vous qui m'avez embrassé ?

L'homme s'empourpre.

— Je vous ai fait du bouche-à-bouche, ce qui n'a rien à voir, croyez-moi. Et d'ailleurs, soit dit en passant, vous avez de la chance que mon brevet de secourisme et moi nous nous trouvions dans le coin.

De la chance, ça, c'est vous qui le dites, mon vieux, pense Marcello. Après un silence gêné, il lui tend la main.

— Merci, euh… ?

— Jean-Marie.

— Marcello.

— Oui, je sais.

— Merci, Jean-Marie.

La sincérité qui émane de lui en cet instant, et qui contraste furieusement avec l'absence de lueur de reconnaissance dans ses yeux, désarçonne Jean-Marie, qui lui serre la main avec une mollesse incommodante. L'homme tente de se redonner un peu de contenance en réajustant ses lunettes et en offrant ses bâtons de marche à Marcello.

— Tenez, appuyez-vous là-dessus, je vous raccompagne à votre bungalow.

Marcello ne se fait pas prier, sa tête commence à tourner sérieusement. Ils entrent par la baie vitrée, restée ouverte.

— Asseyez-vous sur le canapé, je vais vous chercher un verre d'eau.

— Je crois que l'eau, ça ira pour aujourd'hui, je préférerais un cognac. Vous en trouverez dans le placard, à côté du frigo. Merci.

Tandis que Jean-Marie disparaît dans la cuisine, Marcello récupère le mot laissé en évidence au milieu de la table de la salle à manger. Il préfère s'en tenir à la version de l'accident. Il glisse sa confession sous le coussin du canapé, s'allonge dessus et ferme les yeux, laissant son corps s'amollir.

— Marcello, dites-moi un peu…

Jean-Marie entre dans le salon, un verre de cognac à la main. Quand il découvre Marcello endormi, il le pose précautionneusement sur la table, là où, il y a encore peu, s'étalait le désespoir d'un homme auquel seul un miracle pouvait redonner le goût de vivre.

5

Des bougies consumées, des confettis éparpillés et du papier cadeau déchiqueté en lambeaux colorés donnent à la table de la cuisine des allures de champ de bataille. Seule rescapée, une pauvre lichette de flan, avachie dans une petite assiette à dessert, exhale la vanille de Madagascar. Comme étrangers à cette joyeuse débâcle, assis l'un contre l'autre sur le canapé, la mère et le fils digèrent leur bonheur en silence.

Djibril retire délicatement le casque de son nouveau Discman qu'il couve du regard.

— Ce son, c'est un truc de ouf… Il est trop stylé !!! Merci, maman.

Il embrasse sa mère pour la énième fois de la matinée. Selma ne s'en lasse pas. Elle souhaiterait que cet instant parfait dure à jamais. Elle a pleinement conscience que son *petit* va bientôt lui échapper. Elle s'interdit pourtant d'y penser, mais il lui faudra d'ici peu envisager de vivre sans lui, surtout s'il part faire ses études à l'étranger, comme ils l'ont maintes fois évoqué ensemble. Elle est incorrigible, les moments de pur bonheur la plongent irrémédiablement dans une profonde mélancolie.

S'avisant soudain de l'heure, elle se redresse et enjoint à Djibril de se préparer pour le lycée.

— Je voudrais te parler d'un truc d'abord.

— On en parlera ce soir, tu vas être en retard, mon chéri.

— Non, ça ne peut pas attendre !

Le ton est ferme, voire effronté. Ce n'est pas dans ses habitudes. L'instinct maternel de Selma lui souffle que les minutes à venir pourraient bien bouleverser le merveilleux équilibre de leurs vies. En signe de reddition, elle se recale sur le canapé. Djibril fonce dans sa chambre.

— Où as-tu trouvé ça ? s'exclame-t-elle, surprise, quand il revient. Je l'ai cherché pendant des mois…

Djibril observe sa mère observer le Polaroid.

— Il traînait au milieu de mes vieux jouets, je suis tombé dessus par hasard.

Selma savait que ce jour arriverait. Elle ne l'appréhendait pas. Elle était prête depuis toujours. Même si, en cet instant, elle a un petit pincement au cœur.

Quand Djibril était en maternelle, un de ses camarades s'était moqué de lui parce qu'il n'avait *pas de papa*. Sa maîtresse, Mme Bourgoin, avait appelé Selma pour qu'elle vienne le récupérer plus tôt : son fils était inconsolable. Quand il avait vu sa mère, les larmes de Djibril s'étaient taries d'un coup. Il lui avait pris la main et l'avait entraînée jusqu'au petit garçon qui jouait tranquillement dans son coin et à qui il avait hurlé : « Mon papa, c'est ma maman ! »

Cette phrase, il allait la répéter souvent.

Quelques jours plus tard, alors qu'il était en train de jouer sur le canapé, elle s'était assise à côté de lui avec un Polaroid dans la main et, d'un jet, lui avait tout raconté. À défaut de capter son attention, elle avait au moins soulagé sa conscience.

Le grand jour, c'est maintenant, et elle n'a rien vu venir. Djibril ne sait pas très bien par où commencer. Selma, qui le connaît par cœur, prend les devants :

— J'imagine que tu te demandes qui est cet homme ?

Il se contente de hocher la tête de haut en bas. Selma se racle la gorge, pour gagner du temps, bien organiser sa pensée et aussi un peu pour se donner du courage.

À l'époque, elle avait presque 23 ans et travaillait déjà à l'hôpital. Elle venait de faire trente-six heures de garde d'affilée. Elle était à la fois épuisée et survoltée. Elle oscillait entre rentrer se coucher et sortir faire la fête jusqu'au bout de la nuit. C'était le *Mektoub* qui avait tranché. Ses placards étaient vides, alors, sur le trajet du retour, elle a fait une halte à l'hyper. Elle l'a croisé dans la première allée qu'elle a empruntée. Il déballait son baratin pour vendre elle ne savait plus trop quoi. Il a dit une ânerie qui l'a fait sourire, il ne lui en fallait pas plus pour se croire autorisé à l'aborder. Il était courtois, joli garçon, ils ont échangé quelques banalités et il lui a proposé de les rejoindre, lui et des collègues, au bar juste à côté après la fermeture du magasin. Elle a dit oui comme ça, pour s'en débarrasser. Elle a fait le plein de provisions et est rentrée chez elle se préparer à dîner avec la ferme intention de se coucher tôt. Elle a pris une douche, enfilé son bas de pyjama bleu et son tee-shirt avec Snoopy, et en passant devant le miroir de sa chambre elle s'est vue : une pauvre fille en tenue d'adolescente qui s'apprête à se mettre au lit à 21 heures plutôt que d'aller s'amuser. Elle s'estimait en bon chemin pour devenir vieille fille.

Djibril a depuis longtemps anticipé la fin. L'homme sur le Polaroid est son père. Mais il laisse sa mère se perdre dans des détails sans importance. Il sait que c'est sa façon à elle de reculer le moment de lui raconter son histoire et surtout d'affronter la suite.

Elle est arrivée à la soirée comme si elle débarquait d'un long voyage, fatiguée, l'air un peu perdu, se demandant ce qu'elle faisait là, au milieu de tous ces gens qui semblaient vivre dans un autre fuseau horaire et parler une autre langue. Il faut dire que l'alcool coulait à flots depuis un bon moment déjà. Affolés, ses yeux en amande ont fouillé la foule à la recherche de ce type. Et comme elle ne le trouvait pas, tourner les talons et rentrer chez elle l'a effleurée. C'est alors qu'elle l'a aperçu, tout au fond du bar.

Accoudé au comptoir, il éclusait tranquillement un énième verre. Il a sauté à bas de son tabouret pour l'accueillir. Lui a avoué qu'il ne l'attendait plus. Elle a bafouillé des excuses.

De façon inexplicable, elle se souvenait mot pour mot de ce qu'il lui a répondu. « Ne vous excusez surtout pas, le plaisir est d'autant plus grand de vous voir. » Elle a rougi et c'est à cet instant précis qu'elle a pris la décision de dire oui si jamais…

Puis il lui a demandé ce qu'elle prenait.

Elle, qui ne buvait pas ou si rarement, n'a pas voulu passer pour une rabat-joie. « Comme vous. »

Il a tenté de lui présenter ses amis, mais entre le brouhaha et l'état d'ébriété de ces derniers, il a vite renoncé. Ce n'était pas plus mal. Ensuite, il l'a entraînée sur la piste sans lui demander son avis et ne l'a plus laissée respirer. C'était un danseur invétéré et elle, une partenaire enthousiaste. Après plusieurs « comme vous », elle s'est laissée aller à l'embrasser. D'abord timidement, puis avec de plus en plus de fougue. Il lui a glissé à l'oreille qu'elle était assurément la plus jolie fille de la soirée et qu'il faisait beaucoup d'envieux.

Elle a fini par ne pas se sentir très bien. Elle était complètement pompette.

Djibril tique en entendant ce mot. Cela n'échappe pas à Selma, qui rectifie:

— Ivre, si tu préfères.

Djibril veut dire quelque chose, mais se ravise. Selma se replonge dans son passé.

Elle s'est réveillée seule dans une chambre d'hôtel en ayant oublié une bonne partie de la soirée. Elle a le nébuleux souvenir d'une sonnerie de téléphone qui retentit au cœur de la nuit et du chant des sanglots qu'on peine à contenir, mais peut-être n'était-ce qu'un rêve. Il est parti sans même lui laisser un mot. Ce qui n'est pas plus mal. Elle a rassemblé ses affaires et c'est là, sur la table de nuit, qu'elle a découvert ce Polaroid. Elle ne se rappelait pas que quelqu'un ait pris des photos au cours de la soirée, encore moins avoir eu en main ce cliché à un moment ou un autre. Mais peut-être que c'était lui qui l'avait laissé là volontairement, ou tout simplement oublié.

— Ne me demande pas pourquoi je l'ai ramassé et gardé depuis tout ce temps, je n'en ai aucune idée. Peut-être pour que nous ayons justement cette conversation.

Bref, je suis rentrée chez moi et la vie a repris son cours, jusqu'à ce que je découvre que j'étais enceinte.

Selma paraît brusquement épuisée par tous ces souvenirs. Djibril se lève et lui apporte un verre d'eau. Elle le remercie d'un sourire qui semble s'excuser. Le sien lui pardonne tout.

— Tu ne l'as jamais revu ?

— Jamais. Je ne me rappelle même pas son prénom. Je suis retournée de nombreuses fois à l'hyper, sans le revoir. Je n'ai pas cherché à le recontacter. Il n'a pas été au courant. Et s'il l'a été, il ne s'est pas manifesté. Si ça se trouve, il était marié. J'ai décidé de te garder et de t'élever toute seule. Et depuis dix-sept ans, il n'y a pas un jour où je ne m'en suis pas félicitée. Pourtant, aujourd'hui, je me sens ridicule. Je me suis montrée tellement égoïste. Quand j'ai appris que j'étais enceinte, j'étais folle de joie. Ça peut te paraître bizarre, mais j'aimais bien l'idée d'avoir un enfant et pas forcément celle d'avoir l'homme qui va avec, tu comprends ?

Bien sûr qu'il comprend.

— Je ne cherche pas d'excuse, mais c'étaient les années 1970. On ne parlait que de libération de la femme, de révolution sexuelle, mais personne ne nous avait donné le mode d'emploi, surtout en province. Tout ce qu'on comprenait, c'était qu'on n'était plus obligées d'avoir la vie de nos mères. On n'était plus contraintes de vivre sous la coupe d'un homme. On avait le droit de décider par nous-mêmes de ce qu'on voulait faire de nos existences et de nos corps. On pouvait avoir une identité propre. On était enfin autorisées à exister autrement qu'en étant *la femme de*. C'était un chamboulement incroyable pour toute une génération. Alors tu imagines pour moi, petite musulmane toute juste sortie des *abayas* de sa mère… Être fille-mère, c'était ma façon d'épouser l'époque et d'affirmer haut et fort mon indépendance. Plusieurs de mes collègues l'étaient et quand elles venaient au boulot avec leur bébé, je les enviais sans m'imaginer une seconde qu'un jour j'aurais moi aussi ce courage. Parce que crois-moi, du courage, il m'en a fallu.

— Je sais maman, je sais.

Le regard de Selma s'échappe par un interstice entre deux lattes mal ajustées du store de la fenêtre du salon. Il va s'écraser sur l'entrelacs de béton qui grise l'horizon. La digue cède brutalement. Un torrent ininterrompu de larmes dévaste son visage, emportant sur son passage le seul artifice qu'elle s'autorise : un trait de khôl qui souligne ses yeux. Djibril, qui ne se souvient pas de l'avoir déjà vue pleurer, reste interdit devant ce visage barbouillé de noir, et c'est précisément dans ce temps suspendu où l'on ne sait plus ce qu'on doit comprendre ou faire qu'il réalise que c'est la première fois que sa mère lui parle d'un homme. Jamais elle n'en a ramené un à la maison, ne serait-ce que pour boire un verre. Jamais il ne l'a surprise au téléphone en pleine conversation amoureuse. Jamais il n'est tombé sur une lettre ou un mot trahissant une romance… Alors que Selma est submergée par l'émotion, Djibril réalise qu'il aurait détesté devoir partager sa mère avec un autre homme. Chaque fois qu'ils apparaissent ensemble en société, il se trouve toujours quelqu'un pour stigmatiser leur très grande ressemblance. Jusqu'à ses 9 ans, il n'était pas rare qu'on l'appelle « mademoiselle » ou « ma petite ». Il est vrai qu'il a les traits fins, les attaches délicates, les cils longs, les lèvres dessinées, et une grâce qu'on associe plus volontiers à la gent féminine.

Il se demandait alors ce dont il avait bien pu hériter de son « père ».

Ses défauts, sûrement.

Il trouve à la fois étrange, désagréable et injuste de savoir que son père existe, alors que de son côté celui-ci ignore tout de lui. Il ne peut s'empêcher de penser que s'il l'avait su, il aurait sûrement eu envie de le voir, de le connaître, de passer du temps avec lui. Leurs désirs sont forcément réciproques puisque c'est son père.

— Si ça se trouve, il a d'autres enfants.

Il dit ça avec fièvre. Selma ne l'a jamais envisagé.

— Ce qui veut dire que j'ai peut-être un frangin ou une frangine. Peut-être même les deux. Ou même plusieurs.

Son excitation enfle.

— Demi-frère ou demi-sœur, rectifie Selma spontanément, sans penser à mal.

Elle essaie bien de ravaler ses mots, mais trop tard. Elle se maudit d'avoir laissé échapper une réflexion aussi mesquine. Cela ne lui ressemble pas. Heureusement, Djibril n'a pas relevé.

La peur s'est sournoisement invitée dans la conversation. La peur de quoi ? De perdre son fils ? De devoir composer avec l'inconnu avec qui elle a couché une fois, il y a presque dix-huit ans ? Ses craintes sont plus diffuses. Elle les chasse temporairement de son esprit.

— Mon chéri, nous ignorons tout de lui. Nous ne savons même pas s'il est encore en vie.

— Et pourquoi il ne le serait pas ?

— J'ai dit ça comme ça, je ne veux pas que tu te fasses de faux espoirs, c'est tout ! Je ne veux pas que tu ailles au-devant d'une terrible désillusion, je ne m'en remettrais pas. Je me sens tellement fautive. Mais, quoi qu'il en soit, ce qui compte c'est ce que tu veux, toi.

— J'ai pas eu trop le temps de me pencher sur la question.

Djibril n'aime pas mentir à sa mère, mais il n'a pas la force de lui avouer que sa décision est déjà prise : il est déterminé à retrouver son père.

— Je comprends. Si tu as besoin d'en parler, tu sais que je suis là. Et quelle que soit ta décision, je serai à tes côtés.

— Je sais, maman. Je t'aime.

— Moi aussi, mon cœur. Jusqu'ici, on ne s'est pas trop mal débrouillés tous les deux, non ?

— Bien sûr, maman. Si je me bouge, je peux peut-être choper mon bus et arriver pour le cours de 10 heures.

— File ! Je vais appeler le secrétariat du proviseur pour leur dire que c'est ma faute si tu es en retard. Tout le monde devrait être autorisé à rater les cours le jour de son anniversaire.

— Tu devrais proposer ça au prochain conseil de classe.

Le claquement de la porte d'entrée mange son au revoir.

Au sortir de la douche, Selma fourrage dans un carton qui croupit depuis un siècle au fond de sa penderie.

Elle finit par dénicher ce qu'elle y cherchait : son vieux tee-shirt Snoopy. Les traits du dessin sont plus grossiers que dans son souvenir, sûrement une contrefaçon ramenée du bled. Elle l'enfile et se glisse dans son lit, plus froid que d'habitude.

Après avoir bataillé pour trouver le sommeil, elle se réveille en sursaut et en sueur deux heures plus tard ; elle s'est évadée, plus exactement. Évadée d'un abominable cauchemar dans lequel elle était aux prises avec l'homme du Polaroid, qui lui répétait en boucle : « Toute ta vie n'a été qu'une contrefaçon. »

6

Dans l'épaisseur de la brume matinale qui dévore la D14, la silhouette de l'auto-stoppeur est dangereusement discrète. Au volant de son Alfa 164, Marcello ne devine sa présence qu'en arrivant à sa hauteur. Surpris, il fait une légère embardée puis, rectifiant sa trajectoire d'un coup de volant sec et précis, il se rabat et s'arrête sur le bas-côté, avant de sagement actionner ses warnings. Le fantôme au pouce levé se trouve à une vingtaine de mètres en retrait. Marcello se penche pour entrouvrir la portière côté passager. La brume éructe un jeune homme à peine sorti de l'adolescence. Il demande très poliment s'il peut mettre son sac à dos et sa guitare dans le coffre. Mais Marcello l'incite à trouver de la place plutôt sur la banquette arrière, parmi les boîtes de pâtée pour chiens, à en croire le logo imprimé sur les cartons.

— Denis.

— Marcello.

Les présentations faites, Denis clipse sa ceinture.

— Chouette caisse.

— Merci.

— Italien ?

— Du côté de mon père seulement. Tu vas où comme ça ? On se tutoie ? Si vous êtes d'accord, bien sûr.

Marcello souligne la formule du trait fin de son sourire.

— Ça marche ! Le Bourget-du-Lac.

— Tu es étudiant ?

— Oui, en lettres.

— Mais quelque chose me dit que ta vraie passion, c'est la *musica*.

Marcello surjoue son accent italien.

— C'est toute ma vie, vous voulez dire. Enfin… tu veux dire. Les études, c'est juste pour rassurer mes parents. Et toi, ton kif, si je comprends bien, ce sont les chiens.

— Pas du tout, c'est juste mon gagne-pain. Je n'ai jamais eu de chien, même enfant.

D'un mouvement de tête, Denis désigne le chargement à l'arrière.

— J'ai entendu dire qu'en fin de mois, dans les grandes surfaces, c'était le rayon qui marchait le mieux, tout simplement parce que les gens n'avaient plus les moyens de manger autre chose.

Marcello confirme. Ses bons de commande lui en donnent la légitimité.

— On traite les gens comme des chiens, alors ils n'ont pas d'autre choix que de se nourrir comme des chiens. Il ne faut pas s'étonner après qu'ils aient envie de mordre.

— Alors ce n'est pas une légende urbaine ! C'est vrai ?

Denis n'en revient pas.

— Je disais ça sans trop y croire, en fait. C'est carrément dégueu !

— Détrompe-toi, j'ai testé, c'est tout à fait comestible.

Une moue de dégoût retrousse les lèvres de Denis.

— Bien sûr, il y a quelques effets secondaires, mais rien de dramatique.

Marcello se penche imperceptiblement vers Denis et, sans prévenir, aboie avec force et un réalisme renversant. L'étudiant-musicien sursaute en poussant un cri suraigu. Marcello croit voir son pare-brise se fissurer. Puis, l'instant de frayeur retombé et la facétie évidente, Denis emplit l'habitacle d'un rire franc derrière lequel Marcello entraperçoit l'enfant en lui. Les yeux rivés sur la route, le représentant de commerce dissimule mal un rictus de contentement. Le premier depuis bien longtemps.

Après des années de lutte, Marcello a fini par se rendre à l'évidence : Odile ne verrait pas le printemps. Il a tout de suite su ce qu'il lui restait à faire. À l'époque, il a repris le travail et s'est abruti en sillonnant la région dix heures par jour, cinq jours par semaine. Il n'a rien trouvé de mieux pour occuper ses journées, Odile ne supportait plus qu'il reste à ses côtés à attendre *sa finitude*. La première fois qu'elle avait prononcé ce mot, Marcello l'avait regardée curieusement.

— Eh ben quoi ? Tu n'as jamais lu Sartre ?

C'était la première fois qu'elle lui parlait sur ce ton. À dater de ce jour, elle s'était montrée volontairement odieuse avec lui. Sûrement dans l'idée de lui faciliter les choses. Il avait beau le savoir, c'était difficile à encaisser.

— Mais vis ta vie, bordel ! Tu es veuf et tu es le seul à ne pas le savoir ! Réveille-toi ! Et puis, je t'en supplie, apprends à nager ! Parce que, crois-moi, aucune femme ne veut d'un homme qui ne sait pas nager ! C'est comme un homme qui ne sait pas conduire ou allumer un feu, ce n'est vraiment pas sexy !

Alors Marcello a bouffé des kilomètres pour que le meilleur ami de l'homme ait toujours une gamelle pleine. Et, sur son chemin, tous les érables sycomores, les marronniers, les frênes des Bossons, les sapins et tant d'autres qui ourlaient les routes lui faisaient de plus en plus de gringue : « Viens tâter de mon écorce », « Viens t'enrouler autour de mon tronc », « Viens goûter à ma sève ».

Lors d'un périple qui devait le mener au pied du mont Blanc, une pluie verglaçante lui est tombée dessus sans crier gare. Après quelques kilomètres sans histoire, un tronçon sinueux s'est présenté à lui. Sans être un as du volant, Marcello pouvait être considéré comme un conducteur chevronné. Tout en braquages et contre-braquages, il semblait être à son affaire. Vu de l'extérieur, on aurait même pu arguer qu'il y prenait un certain plaisir. Mais Marcello suivait une tout autre logique. Il n'avait pas encore sa voiture en main, cela faisait à peine deux mois qu'il la conduisait. Et tout le monde savait que l'Alfa avait une petite tendance au survirage, ce qui, sur cette route humide, revenait à jouer à la roulette russe avec un barillet plein. Donc, pour lui, les circonstances étaient tout simplement idéales pour un *accident.* Il lui suffisait de prendre un virage un peu trop vite et de laisser l'Alfa faire le reste. Joueuse, l'italienne irait embrasser un des bouleaux à la silhouette aguichante. Bien sûr, il y avait Odile, mais avec les antidouleurs qu'elle avalait, les moments de lucidité étaient de plus en plus rares et de plus en plus espacés. S'il s'y prenait bien, elle pourrait même ne pas en être informée. Elle partirait persuadée de le laisser derrière elle. Quant à la famille, il lui offrait le bénéfice du doute.

Marcello était en train de se convaincre de sa lumineuse idée noire quand un auto-stoppeur, équipé d'une lampe torche, a surgi les bras en croix et lui a fait signe de s'arrêter. Le pauvre bougre était frigorifié. Sur cette route peu fréquentée, le veinard est tombé sur un des derniers conducteurs qui refusaient catégoriquement d'emprunter les autoroutes. Lesté d'une âme supplémentaire, Marcello a repris la route prudemment. Il n'était pas de ces lâches qui risquent la vie d'autrui. À deux doigts d'en finir avec l'existence, il n'a dû qu'à un pouce d'être toujours de ce monde.

Finalement, l'espace de quelques jours, Odile a connu un nouveau printemps. Dans la nuit du 27 au 28 mars, elle est sortie de son sommeil, a incliné légèrement la tête vers Marcello qui la veillait comme d'habitude, et, dans un murmure, lui a fait promettre de ne pas faire de bêtise. Le lendemain, elle était morte. Marcello s'est longtemps demandé s'il n'avait pas rêvé cette scène. Mais dans le doute, et afin de respecter la parole donnée, il a continué à prendre des antidépresseurs et beaucoup d'auto-stoppeurs.

7

Le lendemain de son anniversaire, Djibril prend son petit déjeuner avec sa mère comme d'habitude ; enfin, en apparence. Même heure, mêmes places, mêmes gestes, mêmes acteurs, mais sur la petite scène de ce théâtre matinal, c'est une tout autre pièce qui se joue. S'il y avait une mouche dans l'appartement, on l'entendrait distinctement voler. Chacun tente de justifier son silence inaccoutumé. Selma a eu une nuit particulièrement compliquée à l'hôpital et n'a qu'une hâte, « se mettre au plumard ». Djibril, de son côté, évoque une altercation en bas de l'immeuble qui l'a tenu éveillé « jusqu'à pas d'heure ». Il est complètement « dans le gaz ». Chacun trempe sa tartine de mauvaise foi, le nez plongé dans son bol de café, particulièrement noir ce matin. L'air de rien, la discussion de la veille se poursuit souterrainement.

Selma craque la première :

— Je n'en peux plus, je vais me coucher.

Elle ne peut pas être plus sincère.

— T'as pas zappé que demain c'est l'après-midi Parents/Élèves ? On se retrouve à la piscine à 15 heures pour le relais.

Ça lui est complètement sorti de la tête. Selma ne peut réfréner un frisson à l'idée de devoir s'immerger dans l'eau de la piscine municipale.

— Bien sûr que non !

Rapidement douché et habillé, Djibril referme, sans la claquer, la porte d'entrée pour ne pas réveiller sa mère, même s'il sait pertinemment qu'elle ne dort pas. Dans son lit, les inquiétudes de Selma prennent toute la place.

S'il assiste à tous les cours de la journée, Djibril n'a jamais été aussi absent. À l'heure de la cantine, il s'enferme dans les toilettes. Il a besoin d'être seul. Accroupi sur la cuvette, le dos contre le mur, il retourne dans tous les sens ce maudit Polaroid qui lui mange le cerveau. À la fin des cours, il ne traîne pas avec ses potes. Il marmonne une excuse bidon et file pour attraper son bus. Il descend à l'arrêt qui dessert *l'hypermarché de la rencontre.* C'est ainsi qu'il le désigne. Commencer sa recherche là où tout a commencé lui parait être la meilleure idée. Et, pour être honnête, la seule qu'il a. Son plan est simple, comme tous les bons plans et la plupart des mauvais : il va interroger tous les employés en espérant que l'un d'eux pourra le mettre sur la piste de cet homme. La probabilité qu'il reste des salariés de l'époque est faible, mais il lui faut tenter sa chance.

D'un pas calme, Djibril longe toutes les caisses, dans un sens puis dans l'autre. L'inventaire est sans appel : aucune caissière ne semble avoir plus de 25 ans. La plupart doivent encore être étudiantes. En revanche, les deux dames qui trônent à la caisse centrale, et dont les voix retentissent avec autorité dans tout le magasin, ont pu avoir l'âge de ces filles au moment des faits. Djibril sort le Polaroid de sa poche et patiente sagement derrière un couple de personnes âgées qui fait tout répéter deux fois. Puis son tour arrive. Il tend le Polaroid à la plus grande des deux caissières. Elle s'en saisit à deux mains. Le caractère inédit et personnel de la demande lui fait ouvrir des yeux grands comme des soucoupes.

— Ce n'est pas banal, ça !

Djibril la sent aussitôt investie d'une mission. Alors qu'elle fouille les tréfonds de sa mémoire, son visage donne l'impression d'être en souffrance. Au bout d'une minute de cette gymnastique faciale, elle hèle sa presque jumelle. La deuxième Dupond chausse ses lunettes avant de s'emparer du Polaroid que sa collègue tient par un coin.

— Ça te dit quelque chose, le type dans le fond ?

— C'est drôlement flou. C'est un client ?

— Non, un représentant. Le petit dit que ça remonte à dix-huit ans.

— Dix-huit ans ! Mazette ! J'avoue que moi je ne le remets pas du tout. Faut dire que je ne suis pas très physionomiste.

— Son visage ne m'est pas complètement inconnu, mais de là à retrouver son nom, c'est une autre paire de manches. Il est de ta famille ?

Djibril laisse la première Dupont répondre à sa place. Elle se penche à l'oreille de sa collègue.

— Ah, d'accord !

Elle regarde à nouveau attentivement la photo et finit par secouer la tête de gauche à droite.

— Malheureusement, on ne va pas pouvoir t'aider, mon grand, conclut-elle en lui rendant le Polaroid.

Djibril accuse le coup. Il a bien cru toucher le gros lot avec ces deux matrones franches et sympathiques.

— Ne fais pas cette tête ! Ce n'est pas parce que nous on n'a pas plus de mémoire qu'un poisson rouge que tout le monde est pareil. De cette époque, il reste Joël, à la boucherie, et Fabrizio, qui est devenu directeur adjoint.

— Joël est à l'hôpital, il s'est salement entaillé le pouce, précise l'autre en grimaçant. Mais Fabrizio est dans son bureau. Je l'appelle.

Un homme brun imposant, avec un bouc et de grosses lunettes à monture d'écaille, le prie d'entrer. Le *rescapé* Fabrizio scrute longuement le Polaroid en se caressant le bouc. À l'auriculaire de sa main droite, une impressionnante chevalière en or fait le yo-yo sous la lumière artificielle du néon. Djibril trouve que ce type ressemble à un flic et ça le rassure.

Soudain l'homme fond sur une armoire qu'il éventre d'un tour de clé, et en extirpe un classeur dont il compulse rapidement les pages perforées. Il s'arrête sur une facture qu'il tend à Djibril, en pointant le bas de la page. Au-dessus d'un gribouillis qui tient lieu de signature figure un nom : Marcello Preziosi.

Djibril « Preziosi », ça sonne bien ! *Preziosi. Preziosi.* Djibril se le répète mentalement plusieurs fois.

— Il était originaire du Piémont et moi, de Lombardie. Pire, il était *bianconero* et moi *rossenero*, raconte Fabrizio.

Passionné de football, Djibril n'a pas besoin de traduction. Son père est un supporter de la Juventus, une équipe qu'il affectionne lui aussi.

— On a eu plusieurs discussions animées à ce sujet, t'imagines bien. Quoi de plus sérieux que le football pour deux Italiens ? Je ne sais pas comment l'expliquer mais j'avais oublié son nom, peut-être que je ne l'ai jamais su. C'était un type très sympa.

Djibril pâlit, des larmes se bousculent derrière ses paupières, sa voix déraille.

— Pourquoi vous dites « était » ? Il est mort ?

— Ah non, pas du tout ! Enfin, je ne sais pas... C'est juste que, du jour au lendemain, on ne l'a plus revu. Il était représentant pour une marque avec laquelle on faisait un très gros chiffre d'affaires. Il gagnait très bien sa vie. Et soudain, sans explication, il a donné sa démission. Mais il y a le numéro de la société sur la facture, on peut appeler si tu veux ?

Fabrizio décroche son téléphone et met le haut-parleur. Par chance, il tombe sur une femme à la voix suave qui a bien connu Marcello et qui confirme à Fabrizio ce qu'il sait déjà. Elle ignore ce qu'il est devenu et ne sait ni où ni comment le joindre. Avant de raccrocher, elle s'excuse presque de ne pas pouvoir les aider davantage. Elle semble réellement embarrassée. Fabrizio repose le combiné avec une extrême douceur comme pour ne pas la brusquer.

La poignée de main de Fabrizio est franche. Djibril sent la chevalière lui écraser légèrement les doigts. Il se souvient d'un film où un commissaire retirait sa bague avant d'interroger un prévenu.

Simone et Monique, les siamoises de la caisse centrale, attendent Djibril avec impatience. Cette histoire de père inconnu a violemment ébranlé ces deux belles âmes maternelles. Tout en distillant, avec une gentillesse jamais prise en défaut, des réponses claires et précises à des questions souvent confuses et ineptes, elles jettent, l'air de rien, de petits coups d'œil en direction du bureau de Fabrizio. Monique est la première à apercevoir Djibril qui en revient.

— Le voilà !

Elle sort de sous le comptoir une petite réglette en métal sur laquelle est gravé : *En pause.*

Djibril est concis.

— Marcello ?

À Monique, cela ne dit rien.

— Marcello !!! Mais oui, je me souviens de ce prénom, bien sûr.

À son évocation, Simone semble rajeunir.

— Je lui disais : « Marcello, vous passerez le bonjour à Catherine » et, invariablement, il me répondait : « Je n'y manquerai pas. »

Monique et Djibril ressemblent à une lapine et son petit pris dans les phares d'une camionnette. Simone a pitié d'eux.

— Catherine Deneuve et Marcello Mastroianni ! Qu'est-ce qu'ils étaient beaux, tous les deux ! Ça m'a mis un de ces coups quand ils se sont séparés !

— Ce que tu peux être midinette quand tu t'y mets.

Sur les lèvres de Simone, Monique peut clairement lire un silencieux et affectueux « Je t'emmerde ».

— Moi aussi, ma chérie, je t'aime, réplique-t-elle avec tendresse.

Djibril se dit que lui aussi aimerait bien rencontrer son double.

Pour un premier jour d'enquête, ils conviennent tous les trois que le résultat est encourageant même si, pour l'heure, ils sont dans une impasse. Fabrizio a vérifié dans l'annuaire et sur son Minitel, rien n'est sorti, comme si Marcello Preziosi n'avait pas d'existence en dehors du cadre blanc du Polaroid.

8

Selma ne réussit pas à trouver le sommeil. Depuis l'anniversaire de Djibril, les choses ont pris une tournure qui la tourmente. Elle s'en veut terriblement de ne pas s'être débarrassée de ce Polaroid de malheur. Elle a pourtant eu maintes occasions de le faire, mais à chaque fois elle a été rattrapée par ses principes à la con. Elle ne se sentait pas le droit de priver son fils de son histoire, de lui cacher la vérité. Ce Polaroid, c'était l'unique héritage de son « père », elle en était la gardienne et un jour elle le lui transmettrait, et blablabla et blablabla et blablabla.

Quelle gourde !!! Selma se met à marteler son oreiller de ses poings fermés.

Elle est folle de rage après elle-même. Si c'était à refaire, elle ferait preuve de moins de rigueur morale. La réalité, c'est que ce mec s'est contenté de la baiser un soir de beuverie et que, une fois dessaoulé, il a pris la tangente en veillant bien à ne plus jamais remettre les pieds dans le quartier. Une fois, une seule fois, elle s'est laissée aller. Elle, si sage, si plan-plan comme disaient ses collègues de l'époque, il a suffi d'une fois et elle s'est retrouvée enceinte. La poisse ! Une situation inconcevable pour une jeune musulmane, hors mariage, même si elle tenait depuis longtemps la religion et sa famille à distance.

Ses parents vivent au bled, ils sont très âgés. Elle ne les a pas vus depuis qu'elle a commencé à travailler, mais n'oublie pas pour autant de leur faire parvenir de l'argent tous les mois. Plusieurs de ses frères vivent en région parisienne, mais elle serait bien incapable de dire où exactement. Elle ne s'est jamais rendue chez eux, pas plus qu'ils ne sont venus chez elle. Elle n'a jamais vécu avec eux, ou si peu. Elle a vingt ans d'écart avec son frère aîné et plus d'une dizaine avec les autres, autant dire un siècle. C'est la petite dernière, *l'accident,* comme on disait. Elle n'a gardé de lien qu'avec sa sœur, Leïla, qui s'est occupée d'elle comme de sa propre fille et s'est tenue à ses côtés pendant toute sa grossesse.

À l'hôpital, on lui a proposé de *faire le nécessaire*, mais Selma n'a pas voulu ajouter une faute à une faute. On ne se débarrasse pas comme ça de son éducation. Ironie du sort, elle a donné vie à Djibril trois mois après que députés et sénateurs ont accouché de la loi autorisant toutes les femmes à pratiquer l'interruption volontaire de grossesse.

Maman et infirmière, finalement elle est la femme qu'elle a toujours voulu être. Elle ne doit rien à personne et loin d'elle l'idée de s'ériger en parangon d'éducation, mais elle a élevé Djibril seule, et elle est très fière du résultat. Alors, oui, elle voit d'un très mauvais œil l'irruption de ce « père » dans la vie de son fils. Elle sait d'ores et déjà que rien de bon ne sortira de cette quête dans laquelle Djibril, même s'il l'ignore encore, va forcément se lancer, avec l'insouciance et la folle énergie des jeunes gens de son âge. Mais elle sait aussi que l'en empêcher pourrait s'avérer destructeur. Qu'il aspire à se rapprocher de son père est une chose, mais qu'il s'éloigne d'elle en est une autre qu'elle ne laissera jamais advenir.

Djibril tarde à rentrer et elle va finir par être en retard au travail. Elle doit se résoudre à partir sans le voir. C'est un déchirement tant son corps tout entier réclame de l'étreindre.

Elle espère tomber sur lui sur le trajet qui la mène à son arrêt de bus. Les portes de l'ascenseur vont s'ouvrir et il sera là, dans l'entrée de l'immeuble. Il lui sourira. La porte de l'immeuble va s'ouvrir et il sera là, sur le parking, les mains accrochées aux lanières de son sac à dos si lourd qu'il se déplace toujours légèrement penché en avant. Les portes du bus vont s'ouvrir et il sera là, le casque de son nouveau Discman vissé sur les oreilles. Il attendra avec elle l'arrivée de son bus.

Le bus de Selma s'éloigne et Djibril sort de derrière le mur. Quand il a vu sa mère quitter l'immeuble, il s'y est aussitôt dissimulé. Jamais il ne se serait figuré capable de se cacher d'elle, mais il n'a aucune envie de la voir maintenant.

À croire que Djibril Preziosi est plus rebelle que ne l'était Djibril Bellal.

9

À l'instant même où le loquet de la cabine coulisse pour venir se loger dans la gâche, Selma redevient cette adolescente trop maigre, sans formes et dégingandée qui abhorre la piscine. D'instinct, elle retrouve ses habitudes de l'époque qui avaient pour but premier de retarder l'instant où elle apparaîtrait à moitié nue – c'était comme cela qu'elle se sentait dans son maillot de bain hérité de sa sœur – devant l'intégralité de sa classe.

Selma prend donc tout son temps pour se déshabiller et enfiler son Speedo noir une pièce qui lui écrase un peu les seins, et son bonnet de bain Arena blanc qui lui compresse le crâne. Il lui laissera longtemps après sa sortie de la piscine une marque rouge et profonde sur le front, juste au-dessus de celle laissée par ses lunettes. Puis elle reste une éternité sous le jet dru tiède de la douche, à se remémorer la Selma d'autrefois qui fermait les yeux très fort avec le secret espoir que, quand elle les rouvrirait, elle se serait téléportée au Maroc dans les montagnes avec ses cousines. La chaleur de ce souvenir la revigore.

À quelques mètres devant elle se présente le pédiluve. Passage obligé qu'en ces temps préjuvéniles elle voyait comme la frontière d'un pays dont elle ignorait tout. Évidemment, aux yeux de la femme qu'elle est devenue, ce n'est rien d'autre qu'une bassine prétentieuse.

La première fois qu'elle a franchi ce Rubicon, des sentiments inattendus lui avaient explosé au visage.

Selma avait été élevée dans la douceur et la bienveillance d'une enclave familiale élargie – tantes, oncles, cousines, cousins à foison – où on parlait, mangeait et vivait marocain. Elle avait été « protégée » par des parents musulmans qui, au nom de la religion, lui interdisaient tout ce qui était *haram :* cinémas, bars, boîtes, soirées… – elle n'avait jamais dormi chez une copine ou mangé français avant sa majorité. Elle ne s'en plaignait pas. Loin de là. Son enfance n'avait été que miel, peuplée de nombreuses fêtes, de mariages et de cérémonies de naissance où l'on chantait et dansait jusqu'au petit matin. Mais, à 12 ou 13 ans, le comportement de ses congénères en dehors du cadre strict de l'école lui était, pour ainsi dire, totalement étranger.

Or, à cet âge, s'il est un lieu propice aux moqueries et aux humiliations, c'est bien la piscine. Toutes les imperfections et les disgrâces de chacun y sont pointées du doigt et raillées. À cet âge, les enfants sont des snipers : ils ne ratent jamais leur cible. Et pour ne rien arranger, elle était dans le groupe jaune, celui des nuls en natation.

Mais au-delà de cette cruauté puérile, c'était la découverte de la jalousie qui l'avait bouleversée. Jamais auparavant elle n'avait envié quiconque. Et soudain, elle voulait les fesses de Sylvie, les seins de Catherine et les jambes de Nicole. Elle jalousait même Valérie et Marie-Claude qui étaient déjà réglées et qui, exemptées de baignade, passaient l'heure de cours à pouffer dans les gradins. Convoiter ce qu'a son voisin était l'exact opposé de ce que ses parents lui avaient inculqué. Elle avait honte de ce qu'elle éprouvait. Heureusement, l'adolescence lui est tombée dessus très vite et lui a fait cadeau de tout ça et de tellement plus.

Mais voilà qu'aujourd'hui ce terrible sentiment, qu'elle croyait avoir enterré à jamais avec les oripeaux de l'enfance, ressurgit à la faveur de ce Polaroid.

Elle laisse ses souvenirs et le pédiluve derrière elle et rejoint Djibril qui a déjà parcouru une ou deux longueurs pour s'échauffer. D'un coup d'œil circulaire, elle constate combien le monde est binaire : d'un côté, les filles avec leurs mères ; de l'autre, les fils avec leurs pères.

Et au milieu, Djibril et elle qui font tache.

La course se déroule sur 100 mètres. Les 50 premiers sont couverts par les ados qui passent ensuite le relais à leurs parents. Dès que le premier participant touche le rebord de la piscine, le second peut s'élancer. Le choix de la nage est laissé à l'appréciation de chacun.

Les filles et leurs mères ouvrent les hostilités. La bataille fait rage. Les compétitrices des lignes d'eau numéros 2, 3 et 6 sont au coude-à-coude jusqu'à l'arrivée. Finalement c'est le duo de la ligne 3 qui l'emporte d'une courte tête. Des applaudissements nourris saluent leur magnifique performance. La mère et la fille tombent dans les bras l'une de l'autre et exécutent tout un tas de petits sauts en poussant des cris suraigus qui donnent à tout le monde l'envie de se jeter à l'eau. Le temps des félicitations écoulé, c'est au tour des garçons et de leurs pères d'en découdre.

De part et d'autre du bassin tout le monde prend possession de son plot, à l'exception de Selma qui, ne sachant pas plonger, s'élance directement depuis sa ligne d'eau. Le plot que Djibril a en ligne de mire est donc vide et semble le narguer : « Tu n'as pas de père, tu n'as pas de père, tralalalalère !!! »

Quand le starter retentit, Djibril pousse de toutes ses forces sur ses jambes. Il est le premier à refaire surface et à se mettre en action. Dès ses premiers mouvements de bras, il est entendu que sa motivation est colossale : il joue la gagne. Ses battements de jambes maintiennent parfaitement son corps à l'horizontale. Sa glisse est fluide. Il utilise à merveille son avant-bras pour prendre davantage d'appui. Il semble répéter à la perfection tous les exercices que le professeur leur a enseignés. À mi-bassin, il compte presque une longueur d'avance sur tous ses adversaires. Même s'il faiblit un soupçon dans la deuxième partie, il est le premier à passer le relais.

Selma donne une bonne impulsion avec ses pieds contre le mur, mais son départ arrêté est un handicap de taille face aux plongeons des pères qui comblent rapidement leur désavantage. Et si sa brasse coulée est très efficace, elle ne peut pas rivaliser avec le crawl, même désordonné, même approximatif, de ses concurrents mâles.

Selma et son fils finissent antépénultièmes. Alors que Selma se félicite d'avoir battu deux attelages 100 % masculins, Djibril rage intérieurement de cette déroute.

— Il me semble qu'on a fait mieux que l'année dernière, non ?

La tentative de sa mère de minimiser leur défaite ne fait qu'attiser le feu qui brûle en lui. Djibril confirme en serrant les dents.

— Une place de mieux. On était avant-derniers.

— L'important, c'est de progresser.

— Tu as raison ! Encore cinq ans et on sera sur le podium.

Selma ignore l'ironie cinglante avec laquelle son fils lui a répondu. Elle s'en veut évidemment d'avoir ruiné ses chances de victoire mais Djibril, avant ce jour, n'a jamais fait montre du moindre esprit de compétition. Cela semblait même être une notion qu'il tenait sciemment à distance. Il était toujours enclin à féliciter les autres et à se réjouir pour eux. C'est la première fois qu'elle le voit se mettre dans un tel état parce qu'il n'a pas gagné. Elle sait pertinemment qu'il est question de tout autre chose.

Après avoir ramassé sa serviette et s'être frictionné les cheveux, Djibril, d'un pas décidé, prend la direction des vestiaires, quand un de ses camarades de classe le charrie un peu :

— Tu devrais peut-être envisager de participer aux épreuves féminines, ça serait plus dans vos cordes.

Djibril s'arrête net, les poings serrés.

Encouragé par une poignée de thuriféraires boutonneux plus bêtes que méchants, l'impertinent pousse le bouchon un peu plus loin.

— Ta mère devrait abandonner la brasse. Je me suis laissé dire qu'elle est super bonne sur le dos.

Des rires gras saluent l'audace de la saillie. L'odeur de testostérone supplante brusquement celle, pourtant entêtante, des émanations de chloramines. Le poing de Djibril cueille l'adolescent en pleine face. Son nez éclate comme une pastèque. Un geyser de sang macule le carrelage blanc. Un mouvement de panique s'ensuit. Le père de l'agressé attrape Djibril par le cou, bien décidé à lui donner une bonne leçon.

— Ça se passe peut-être ainsi dans ton pays, mais ici on est entre gens civilisés…

Selma, la louve, bondit et d'un coup de patte griffe l'air. L'homme relâche Djibril et recule d'un pas.

— Je ne sais pas de quel pays vous parlez, monsieur, mais mon fils et moi sommes français, et la France dans laquelle nous vivons glorifie les hommes qui défendent l'honneur d'une femme insultée, qui plus est quand il s'agit de leur mère.

Devant la tournure des événements, un des excités qui, il y a encore quelques secondes, chauffait à blanc le persifleur, retourne brusquement sa veste.

— C'est vrai, monsieur. Raphaël, il a insulté la mère de Djibril.

Furtivement, l'homme lit dans les yeux de son fils que le squelette en maillot de bain rouge avec sa voix de fausset dit vrai.

— J'ai conscience que mes mots ont largement dépassé ma pensée. Je vous prie, madame, d'accepter mes excuses.

— Ce n'est pas à moi qu'il faut les présenter, mais à mon fils.

Penaud, l'homme s'exécute et exige de Raphaël qu'il en fasse autant. L'adolescent, les yeux baissés, marmonne son pardon avant de jeter un regard noir à son père. L'incident est clos.

En tant qu'infirmière, Selma propose de s'occuper sans plus attendre de ce nez qui a triplé de volume. D'un geste affirmé, elle remet la partie fracturée en place. Des ecchymoses ne tarderont pas à noircir le pourtour des yeux et le nez restera enflé plusieurs jours, mais il n'y a rien d'inquiétant.

— J'imagine que vous inviter à dîner maintenant serait maladroit.

Selma ne prend même pas la peine de répondre. L'homme s'éloigne en vitupérant contre son fils.

Cette péripétie éclipse en partie les résultats et la remise des médailles. La compétition se conclut dans une certaine confusion.

La mère et le fils se retrouvent à l'extérieur. Sans se concerter, ils se détournent de l'arrêt de bus et poursuivent à pied en direction de chez eux. À croire que l'un et l'autre ont besoin de s'aérer la tête. Ils avancent d'un bon pas, en silence. Leurs bras se frôlent à intervalles réguliers. L'air frais prend un malin plaisir à faire se dresser les petits poils qui délimitent la nuque de leurs chevelures encore humides. À une ou deux reprises, ils ralentissent devant des devantures de magasins. Ils partagent l'amour des jolies choses en plus de tout le reste. Il serait plus simple et surtout plus rapide de dresser la liste de ce qu'ils n'ont pas en commun.

Selma est la première à rompre le silence.

— Tu te souviens de Maryvonne ? Elle prend des cours de nage avec palmes. Elle m'a proposé de l'accompagner. Je n'étais pas chaude mais je crois que je vais dire oui. Je pourrais apprendre le crawl, et à plonger aussi. Même si je déteste mettre la tête sous l'eau.

— Si c'est pour moi que tu fais ça, c'est pas la peine.

— Pour qui d'autre veux-tu que je le fasse ? Pour ta dernière année au lycée, à défaut de te garantir la victoire, j'aimerais au moins me donner toutes les chances de t'offrir une place sur le podium.

Djibril fuit son regard. Selma n'insiste pas.

En cette fin d'après-midi, dans la touffeur du centre-ville, serrées comme des perles, les voitures roulent au pas. À l'intérieur, l'accumulation des frustrations se traduit par une cacophonie de klaxons à vous vriller les tympans.

Soudain la ville se décongestionne – le fameux effet accordéon. Quelques pouet-pouet, par-ci par-là, saluent ce miracle quotidien.

Dans une atmosphère sonore revenue à la normale, la voix de Djibril, chargée de toute la détermination dont il est capable, s'élève :

— L'année prochaine, je ferai le relais avec mon père.

L'affirmation ne souffre aucune contestation. Selma ne s'y risque pas. Elle se contente d'accuser le coup. L'air se raréfie brusquement et sa vue se brouille légèrement.

— Tu sais combien je t'aime, maman, et ça ne changera jamais. Mais je ne suis pas différent de mes potes et, eux, ils arrivent bien à aimer à la fois leur mère et leur père. Même si j'ai conscience que ma situation est différente. Mais je crois que, moi aussi, j'ai assez d'amour pour aimer quelqu'un d'autre. Pas aussi fort que toi, évidemment !

Il prend la main de sa mère et dépose un long baiser dans sa paume. Selma jurerait qu'on vient de lui appliquer un masque à oxygène. Ses poumons se remettent à fonctionner normalement.

— Enfin, je dis ça, faut encore que je le retrouve.

Et qu'il veuille de toi, pense Selma en veillant à bien serrer ses lèvres pour que cette fois-ci ses conjectures restent siennes.

Puis Djibril retrouve sa bonne humeur et se lance dans une imitation de sa mère :

— « La France dans laquelle nous vivons glorifie les hommes qui défendent l'honneur d'une femme insultée, qui plus est quand il s'agit de leur mère. » Vu comment t'as mouché le père de Raphaël, il est pas près d'avoir besoin de kleenex.

Tous les deux rient de bon cœur.

10

Joël, le boucher, trimbale une virilité délicate et un enjouement qui le rendent éminemment sympathique. Bon vivant, il n'est pas le dernier pour les fredaines. Simone trouve qu'il ressemble à Maurice Ronet. Du temps de leur splendeur, ils ont eu une amourette. Simone n'aurait pas été contre aller plus loin, mais Joël faisait partie de ces hommes qui sont terrifiés à l'idée de s'engager. Et puis, tant qu'il plaisait aux femmes, il avait bien l'intention d'en profiter au maximum. Il serait toujours temps de se caser plus tard. Ce que, finalement, il n'a jamais fait. Les soirs d'hiver, après une énième défaite de son équipe préférée, il le regrette amèrement. Simone s'est fait une raison, mais elle lui a toujours gardé une place à part dans son cœur. Elle, comme Monique, ne serait pas outre mesure surprise d'apprendre qu'il faisait partie de l'équipée sauvage qui était au bar le soir où ce désormais fameux Polaroid avait été pris.

Son arrêt maladie tenant Joël éloigné du magasin pour plusieurs jours encore, ils se sont donné rendez-vous chez lui, samedi à 11 heures. Il a été convenu que

Simone viendrait seule avec Djibril, Monique étant de service.

À 11 heures pétantes, Simone donne un coup bref sur la sonnette du pavillon. La porte s'ouvre instantanément, à croire que Joël les attendait de l'autre côté, l'œil rivé au judas. Des bonjours chaleureux sont échangés dans les courants d'air du perron. Une fois à l'intérieur, le trio prend place autour de la table de la cuisine.

— À la bonne franquette ! glisse Joël, qui leur a préparé un café dans des mugs Arcopal Lotus.

Simone les reconnaît, c'était un cadeau de leur entreprise. Joël est plus soigneux qu'elle, les siens ont disparu depuis belle lurette. Un gâteau au yaourt tranché s'étale sur un plateau, Joël sait recevoir. En quelques mots, Simone lui expose la situation. Il est évident pour Djibril que ces deux-là se mangent des yeux. Lui se contente du gâteau au yaourt qui, au demeurant, est délicieux.

— Polaroid ! lui lance soudain Simone, comme s'il s'agissait de son prénom.

Du gâteau encore plein la bouche, Djibril sort le cliché de la poche de sa veste en jean et le dépose sur la table. Joël chausse ses lunettes. Djibril se demande si le bout de doigt qui manque au boucher est proportionnel à l'imposante poupée qui entoure son pouce.

Joël examine le Polaroid quelques secondes, sans faire aucun commentaire. Simone et Djibril ne le quittent pas des yeux, impatients de sa réaction. Joël les regarde l'un après l'autre, mais il donne l'impression de ne pas les voir. Il se lève tranquillement de sa chaise et sort. Simone et Djibril l'entendent ouvrir puis refermer un tiroir. Il revient avec une boîte à chaussures qu'il retourne brutalement sur la table. Une montagne de Polaroid en jaillit. Djibril pense à Richard Dreyfuss et à sa montagne de purée dans *Rencontres du troisième type*. De sa main valide, Joël plonge dedans et, avec une dextérité étonnante, en prélève quelques-uns qu'il aligne à côté du Polaroid de Djibril. Il ne faut pas être grand clerc pour deviner qu'ils ont tous été pris le même soir, au même endroit. Joël en est sans aucun doute possible l'auteur. Selma apparaît sur la plupart d'entre eux, sans pour autant en être à chaque fois le sujet principal. Marcello figure lui aussi dessus à deux ou trois reprises. Un seul autre cliché les montre ensemble : Marcello est de trois quarts dos et Selma se tient face à lui. Elle a l'air suspendue à ses lèvres.

— À l'époque, je me baladais partout avec mon Polaroid et je mitraillais à tout va. Je ne connais pas la plupart des gens que j'ai photographiés, mais ça me fait des souvenirs. Il m'arrivait aussi d'en offrir. Et j'avoue que c'était pas mal pour engager la conversation et draguer un peu.

Joël prononce cette dernière phrase en évitant de croiser le regard de Simone.

— Vous connaissez cette femme ?

Du doigt, Djibril désigne sa mère.

— Son visage ne m'est pas totalement inconnu. Mais je ne pourrais pas mettre un nom dessus. Elle est magnifique ! Et vu le nombre de Polas sur lesquels elle est, j'imagine qu'à l'époque elle avait dû me taper dans l'œil.

— C'est ma mère. Elle s'appelle Selma.

— Sans offense !

Djibril esquisse un sourire. Simone prend le relais :

— Et lui, il t'a tapé dans l'œil aussi ?

Elle ne réussit pas à masquer une pointe de jalousie inappropriée, vu les circonstances.

— Lui ? C'est Marcello. On sortait souvent ensemble quand il venait au magasin. Mais on ne peut pas dire qu'on était copains. C'était un type charmant. La seule chose que je peux vous dire, c'est que je ne l'ai jamais revu après cette soirée. Plus d'images, plus de son. Il s'est littéralement volatilisé.

Djibril apparaît soudain totalement démuni. Tête basse, il récupère son Polaroid. Un sursaut le redresse.

— C'est vous qui avez donné ce Polaroid à ma mère ou à Marcello ?

— Honnêtement, je n'en ai pas la moindre idée. Ça remonte à Mathusalem, tout ça. Tu sais, à l'époque, je buvais beaucoup, les lendemains matin étaient difficiles. En dehors de ces Polaroid, je n'ai gardé aucun souvenir de cette soirée, ni d'aucune autre d'ailleurs. Si tu veux, tu peux prendre ceux où il y a ta mère.

— Merci beaucoup !

— Ce n'est rien, j'espère seulement que ça pourra t'aider.

Décidément, ce boucher est doux comme un agneau.

— Merci pour ton accueil, Joël, dit Simone.

— Tu es la bienvenue quand tu veux, tu le sais bien.

Ces deux-là finiront sûrement par *se pécho* un jour. *Cette histoire aura au moins servi à ça*, pense Djibril, qui n'a guère plus d'espoir de retrouver son père.

Joël les raccompagne jusqu'au portail.

— Rentrez bien !

Il referme derrière eux et remonte l'allée. Simone est garée dans une rue en pente, un peu plus haut. Prise en sandwich entre un utilitaire et un break, elle est toute à sa manœuvre pour se dégager quand Joël frappe brusquement à la vitre. Elle sursaute et actionne nerveusement son antique manivelle. L'air à l'affût en profite pour se faufiler à l'intérieur.

— Tu m'as fichu une de ces trouilles !

— Désolé. Une chose m'est revenue au sujet de Marcello. Chaque fois qu'il venait au magasin, il passait systématiquement voir Lucien sur le parking. Ils parlaient longuement, tous les deux. Il lui laissait toujours un ou deux cartons de conserves, un peu d'argent, des livres, des vêtements. J'ai toujours eu le sentiment qu'un lien fort les unissait, quelque chose dans leur passé, un truc comme ça. Si quelqu'un est resté en contact avec lui, je mettrais mon doigt à couper que c'est Lucien.

Simone ne peut s'empêcher de glousser comme une midinette à la blague, un peu facile, de Joël. Puis elle le remercie, remonte sa vitre et démarre. Au fur et à mesure que Joël rétrécit dans le rétroviseur, Simone mesure à quel point il grandit dans son cœur.

— C'est qui, ce Lucien ?

La question de Djibril la ramène brutalement sur terre.

— Un marginal qui vit avec ses deux chiens sur le parking du magasin depuis une éternité. Un brave type. Je l'ai toujours connu. Il sert un peu de vigile la nuit, rien d'officiel, la direction le laisse dormir dans un cagibi qui donne sur les quais de déchargement. Il a même la clé des toilettes extérieures.

Simone allume la radio. Le flash info de midi leur donne un bref aperçu de l'état du monde, puis un tunnel de chansons pop les berce pendant quelques kilomètres. Un embouteillage, qui est dû à une voiture en panne, les ralentit à l'entrée de la ville.

— À cette heure-ci, on devrait le trouver du côté de la cafétéria, généralement ils lui font passer des restes par la porte de derrière, en fin de service.

Le bouchon finit par se résorber. Un morceau de musique classique, interprété au piano par un virtuose chinois, inonde les ondes d'émotion quand Simone engage sa voiture sur le parking du temple de la consommation. Comme chaque samedi, il y a foule. Les gens viennent en famille : c'est la sortie du week-end. Elle tourne un peu et finit par dégoter une place pas trop loin de la cafétéria. Après avoir rejoint le bâtiment, ils en font le tour. Simone marche d'un bon pas, Djibril peine à la suivre. Derrière deux grandes bennes bleu pétrole échouées comme des baleines l'une à côté de l'autre, ils tombent sur Lucien.

Trois cagettes pour la table, deux pour la chaise, il profite du soleil en déjeunant en terrasse. Couchés à ses pieds, deux molosses dévorent le contenu de plusieurs boîtes. Ils montrent les crocs quand Simone et Djibril s'approchent.

— Chut ! Couchés ! Qu'est-ce qui vous arrive, les garçons, vous ne reconnaissez pas la belle Simone ?

Même venant d'un sans-abri, le compliment la touche. Elle se sent flattée.

— Merci, bafouille-t-elle, en se passant machinalement la main dans les cheveux.

Décidément, Simone fait de l'effet aux hommes, pense Djibril. Gentleman, Lucien essuie du revers de sa manche l'embouchure de la bouteille de vin qui accompagne son déjeuner – à moins que ce ne soit l'inverse – et la leur tend. Simone refuse poliment. Djibril en fait autant.

— Bon, ben moi, je ne dis pas non !

Lucien s'en enfile une bonne rasade et, cette fois, c'est sa bouche qu'il essuie du revers de la manche.

Simone s'accroupit pour se mettre à sa hauteur, aussitôt un des chiens s'approche. Lucien le repousse d'un geste de la main ; l'animal n'insiste pas, il retourne à son festin.

— Décidément, je manque à tous mes devoirs.

Lucien se lève et prend deux cartons sur le dessus de la benne la plus proche. Il les referme, retourne et invite Simone et Djibril à s'asseoir.

— Merci beaucoup, Lucien. On voulait vous parler de Marcello, se lance Simone.

— Il ne lui est rien arrivé de grave, j'espère ?

Il dit ça avec une lueur d'affolement dans le regard.

— Non, non, rassurez-vous ! On a juste besoin de lui parler.

— De quoi, au juste ?

— Ça serait trop long à expliquer, mais c'est très important, croyez-moi.

Lucien reprend un peu de vin au goulot.

— Je ne vous en propose pas ?

— Non, c'est gentil.

— Marcello, il est passé la semaine dernière, lundi ou mardi. Il m'a déposé de la nourriture pour mes garçons. Et des bricoles pour moi.

Lucien désigne les boîtes qui gisent par terre. Le cœur de Djibril est à deux doigts d'exploser dans sa poitrine. Simone se retourne vers lui : ils touchent au but.

— Vous savez où on peut le joindre ?

— À son travail, j'imagine.

Il désigne de nouveau les boîtes qui font la joie de ses *garçons*.

— Vous voulez dire qu'il est représentant pour cette marque ?

— Oui, c'est ça. On n'en trouve pas trop dans le coin, il travaille surtout du côté de Grenoble.

— Vous n'avez pas son numéro ?

— Qu'est-ce que j'en ferais ?

Djibril, jusqu'alors muet, se mêle à la conversation.

— Vous savez pas quand il va repasser ?

— Pas la moindre idée, mon garçon. Il débarque toujours un peu à l'improviste, le Marcello. La dernière fois, il a profité d'avoir déposé un auto-stoppeur à vingt minutes d'ici pour venir me voir.

— Vous êtes amis depuis longtemps ?

— Ça, tu l'as dit, mon garçon, ça remonte à la primaire. On habitait la même rue, à quelques numéros l'un de l'autre. On jouait au foot ensemble. Nos parents se fréquentaient jusqu'à ce que son père les quitte, sa mère et lui. On s'est perdus de vue, un temps, après le bac. Puis on s'est recroisés de loin en loin. Mais ce n'était plus comme avant. Il m'a recontacté après Bettmeralp mais je n'étais pas en état, je n'ai pas donné suite. Il n'a pas insisté.

Simone, qui connaît Lucien depuis presque deux décennies, vient de réaliser qu'elle ne sait rien de lui.

C'est la première fois qu'ils ont une vraie conversation. Elle en éprouve un profond sentiment de honte. Ses yeux se sont embués, ce qui n'échappe pas à Lucien.

— Tout ça, c'est de l'histoire ancienne, ne vous mettez pas dans cet état. Mes garçons, ils sont là-haut, avec leur mère. Je sais qu'elle veille sur eux et qu'ils veillent sur elle. Il y a longtemps qu'ils n'ont plus besoin de moi, tous les trois.

Cette révélation brutale et dramatique laisse Simone et Djibril sans voix. N'importe quel mot serait de trop. Lucien se rince le gosier et poursuit :

— Je me suis retrouvé un jour sur ce parking sans très bien savoir pourquoi et j'y suis resté. Je devais être là depuis trois semaines à peine quand, dans mon dos, j'ai entendu une voix familière : c'était Marcello. C'est comme ça qu'on a renoué. J'ai alors pensé que c'était le destin qui m'avait mené jusqu'ici. Il voulait à tout prix que je vienne habiter chez lui, il m'a même trouvé un travail, mais tout ça ce n'était plus pour moi. Il a fini par le comprendre et l'accepter, même si au début c'était dur. Il avait l'impression de m'abandonner. Mais moi, je ne voyais pas les choses ainsi. Quand sa femme est morte, je ne l'ai plus vu pendant des mois. Je savais ce qu'il traversait, j'étais passé par là. Je craignais qu'il fasse une connerie. Je me sentais impuissant. Et grâce à l'autre enfoiré, ajoute-t-il en pointant le ciel et mimant un pistolet avec les doigts, il est revenu.

Djibril ne sait pas comment interpréter ce geste. Mais peut-être n'y a-t-il rien à comprendre.

— Je marchais le long de la rocade, il m'a dépassé en klaxonnant et il s'est arrêté. Avec mes garçons, on est montés à l'arrière. Il y avait un auto-stoppeur assis à côté de lui. Un étranger qui ne parlait pas français. Marcello s'est retourné vers moi et il a dit : « Lucien, je te présente Ruud. » Puis il a regardé Ruud et lui a dit : « Je te présente *my brother* », et il m'a souri dans le rétro.

Lucien marque un temps. Ses yeux se sont ennuagés subitement. Cassé en deux, il caresse la tête de ses chiens avec une gaucherie qui confine à la rudesse. Il reprend son monologue comme s'il ne s'adressait plus qu'à eux.

— Lui et moi, on est comme deux estropiés qui prenons appui l'un sur l'autre pour marcher droit.

Alertés par un sens qui fait défaut aux humains, les deux cabots se sont écartés de lui en reculant sans le quitter des yeux une infra seconde, avant qu'il ne déploie brutalement sa grande carcasse, ne bascule la tête en arrière, ne vide d'une seule traite sa bouteille et ne la fracasse avec rage contre la paroi de la benne. Des tessons, fous, multicolores, tels des insectes de verre, s'égaillent dans l'air saturé d'inquiétude, épargnant par miracle ou compassion Djibril et Simone. Comme revenant à lui, Lucien se rassoit et retire un éclat qui s'est fiché dans le dos de sa main. Un filet de sang a zébré sa peau tavelée ; Lucien, à l'instar d'un monarque adulé, l'offre à ses *garçons*, qui s'empressent de la lécher en frétillant de la queue. Sur leur socle de carton, Simone et Djibril sont figés. Puis, échappant à l'immobilisme, le bras de Simone vient se poser sur l'épaule de l'adolescent, qu'elle attire contre elle. Progressivement, la chaleur qui circule maintenant entre leurs deux corps redonne vie à Djibril, qui trouve dans la douceur de cette connexion le courage de formuler la question qui lui brûle les lèvres :

— Il a des enfants ?

— Non, l'existence, cette PUTAIN, le lui a refusé.

Lucien se met alors à se parler à lui-même. Des bribes de phrases incohérentes leur parviennent.

— ... Le genre de père... Dans une cabine... Sans lui... Ça, non, jamais de la vie !!! *BON, JE NE VOUS RETIENS PAS !!! C'EST L'HEURE DE MA SIESTE. ALLEZ, DÉGAGEZ !!! NE RESTEZ PAS DANS MES PATTES !!! LA VISITE DU ZOO EST TERMINÉE !!! ALLEZ, OUSTE ! DU BALAI !!! ET QUE JE NE VOUS REVOIE PAS TRAÎNER PAR ICI, SINON JE LÂCHE MES GARÇONS ET, CROYEZ-MOI, C'EST PAS UNE VIEILLE AVEC LES SEINS QUI TOMBENT ET UN PETIT PÉDÉ QUI LES ARRÊTERONT.*

Dans un *on/off* diabolique, Lucien devient Lucifer. Simone et Djibril se lèvent un peu groggy par cette soudaine bestialité. Lucien balance deux coups de pied dans leurs chaises de fortune. C'est le signal que ses dogues attendaient pour se mettre à aboyer avec férocité. Le mimétisme entre le maître et les cerbères est troublant. Qui déteint sur qui ? Sans attendre d'avoir la réponse, Simone attrape la main de Djibril et ramène le jeune homme au pas de charge à la voiture. Une fois à l'intérieur, ils restent de longues minutes sans parler, sans bouger, juste tremblants. Dans sa précipitation, Simone a laissé, sans s'en rendre compte, la clé de contact sur la portière. C'est elle qui brise le silence, avec précaution.

— Ce qui est important, c'est ce qu'il a dit sur Marcello. Le reste, ce n'était pas lui qui parlait, mais l'alcool. La douleur, ça conduit parfois à des extrémités. Il faut lui pardonner.

— Je lui pardonne.

Djibril ravale ses larmes et se rappelle soudain qu'il doit dîner en tête à tête avec sa mère ce soir. Il se demande comment il va pouvoir trouver la force. En même temps, c'est si important pour elle, il ne peut pas la décevoir. Il sort le Polaroid de sa poche. Il a le sentiment de le voir pour la première fois. Selma et Marcello. Marcello et Selma. S'il n'est pas un enfant de l'amour, il est quand même le fruit de deux êtres dont il se dit qu'ils étaient extraordinaires. Alors, bien sûr, il va devoir se montrer à la hauteur.

— Tu n'aurais pas vu la clé de voiture ?

11

À son réveil – son expérience subaquatique a fini par avoir raison de ses forces –, Marcello est surpris de découvrir, dans l'angle opposé de la pièce, Jean-Marie qui attend sagement, calé dans un fauteuil, les jambes reposant sur un pouf, qu'il veuille bien émerger du sommeil dans lequel il est englué.

— Je vous ai posé votre cognac sur la table.

Marcello le boit cul sec et, aussitôt après, sans même reprendre sa respiration, s'attelle à noyer sa tentative de suicide sous un flot de phrases interminables et sibyllines, destinées à convaincre son sauveur qu'il a été victime d'un banal accident et qu'il n'y a vraiment pas lieu de s'émouvoir. D'ailleurs, il a suffisamment abusé de son temps comme ça, il ne le retient pas davantage. Sa théorie de l'accident ne convainc pas son encombrant voisin, loin de là. Sous le feu nourri de ses questions, Marcello, bousculé, improvise et s'embourbe dans des réponses branlantes qui ne font que corroborer ce que Jean-Marie suppute : Marcello a bien tenté de mettre fin à ses jours.

Aussi, depuis une semaine, Marcello ne peut-il plus mettre un pied dehors sans tomber, *par hasard,* sur Jean-

Marie qui *prend l'air*. Même si Marcello se passerait volontiers de ce marquage à la culotte, il doit reconnaître que l'inquiétude que manifeste Jean-Marie à son égard le touche profondément. Depuis Odile, personne ne lui a témoigné une telle attention, à part peut-être Lucien, à sa façon.

Qu'il soit ainsi aux aguets, prêt à intervenir en cas de récidive, en dit long sur l'humanité du bonhomme.

En attendant de repasser au plus vite son diplôme de noyade – ayant eu son bac au rattrapage et son permis au deuxième essai, il n'y a aucune raison pour qu'il réussisse son suicide du premier coup –, Marcello se dit qu'il peut très bien s'accommoder de la présence de Jean-Marie. À défaut de lui faire du bien, elle ne peut pas lui faire de mal. Et contrôler en partie son emploi du temps lui permettra, le moment venu, de tromper plus aisément sa vigilance. La prochaine fois qu'il tombera sur lui *par inadvertance*, il l'invitera à déjeuner. C'est chose faite dès le lendemain.

— Mais que me vaut cet honneur ?

— C'est pour vous remercier.

— Dans ce cas, j'accepte volontiers.

— On dit 13 heures ?

— Parfait !

Pour tout savoir d'un homme, rien de tel qu'un bon repas bien arrosé. Surtout bien arrosé. Jean-Marie ne se fait pas prier pour dérouler en accéléré l'histoire de sa vie. Il a grandi à Val-d'Isère, à deux heures et demie d'ici. Enfant, c'était un skieur prodige – il n'avait pas de mérite, son père dirigeait une école de ski. Dans toutes les catégories d'âge, il a fait partie des deux meilleurs

Français, que ce soit en descente, slalom ou géant ; en fait, il n'avait qu'un seul véritable rival, un autre garçon de la ville : Jean-Claude Killy. Quand la victoire échappait à l'un, elle revenait sans coup férir à l'autre. Ils ne laissaient que des miettes à leurs concurrents. Ils dominaient, comme personne avant eux, leurs disciplines. Tous les spécialistes leur promettaient une immense carrière. Ils étaient l'avenir du ski français. Mais ce duel à distance entre les deux adolescents a subitement tourné court au printemps 1958, quand les parents de Jean-Marie ont divorcé ; il avait 15 ans. Sa mère, une femme au caractère bien trempé, a alors obtenu sa garde exclusive et, en dépit de ses cris, de ses gesticulations et de ses menaces répétées de se « foutre en l'air », a décidé d'emménager en Bretagne, loin de son ex-mari, loin des montagnes, loin de sa souffrance. Ce n'était pas un avorton tout juste capable de se torcher qui allait décider de sa vie. Les vagues déchaînées et glaciales de l'Atlantique ont balayé son château de neige à la première marée. De 15 à 18 ans, Jean-Marie a fréquenté pas moins de six établissements scolaires. Il se consumait de colère et de haine qu'il retournait volontiers contre ses camarades et ses professeurs. Il était en guerre contre la Terre entière. Comment grandir entre une mère facile à détester et un père difficile à aimer ? Il a fini par trouver une forme d'apaisement auprès d'Émilie, son premier véritable amour. Une fille de Saint-Brieuc aux cheveux auburn, à la peau blanche, presque laiteuse, et à l'intelligence réjouissante. Quand elle était allongée, nue sur le dos, à côté de lui, il parcourait son corps avec son index. Il partait du haut de son front, se servait de son nez comme d'un petit tremplin, atterrissait en souplesse sur ses lèvres, puis de son menton plongeait dans son cou, avant de slalomer entre ses seins et de laisser glisser son doigt sur son ventre, en contournant la crevasse de son nombril, jusqu'à sa toison claire. Quand Émilie désirait qu'il laisse son doigt courir au-delà, elle disait nonchalamment : « C'est un temps à faire du hors-piste. » Son bac en poche, Jean-Marie a obtenu une licence et passé son certificat d'aptitude à l'enseignement physique et sportif. Ses dispositions athlétiques lui ont grandement facilité la tâche. Par chance, et surtout grâce au coup de pouce de l'oncle d'Émilie, un ami intime du recteur d'académie, il a trouvé un poste à Rennes, au lycée Jean-Macé. Les années sombres semblaient derrière lui. Mais Rennes n'était pas assez loin de Grenoble pour que Jean-Marie ne soit pas emporté par l'avalanche de médailles d'or qui s'était abattue sur Jean-Claude Killy lors des jeux de 1968.

— J'ai littéralement pété les plombs. Je répétais sans fin à Émilie que c'était moi qui aurais dû être champion olympique. Pas lui. Je passais mes heures de cours à mimer à mes élèves médusés les courses où je l'avais battu. J'ai commencé à sortir dans la rue avec le bonnet et les lunettes de ski de mes 15 ans, je parlais à voix haute, j'interpellais les gens. À la boulangerie, au pressing, à l'hypermarché… Je saoulais tout le monde avec ça. J'ai été renvoyé du lycée, Émilie m'a quitté et ma mère m'a fait interner dans un hôpital psychiatrique où j'ai passé dix-huit mois. Je dois reconnaître que c'est la meilleure chose qu'elle ait jamais faite pour moi.

À sa sortie, Jean-Marie était un autre homme. Il s'est engagé dans la marine et, pendant plus de vingt ans, a navigué sur tous les océans et les mers de la planète. Essayer de régler les conflits des autres lui évitait de penser aux siens. Son père et sa mère sont morts sans qu'il assiste à leur enterrement. Les océans et les mers sont remplis des larmes qu'il n'a pas versées. Il n'a jamais cherché à revoir Émilie. Il a appris par hasard qu'elle s'était mariée, a deux enfants et qu'elle vit désormais dans le Sud, où elle exerce la très noble profession d'architecte. Il est heureux pour elle. Lors d'une escale en Sicile, à Catane, il a fait la connaissance de Livia, une jeune femme bien trop belle pour lui. Il n'a jamais très bien compris ce qu'elle lui a trouvé, mais il y a des accidents dans la vie dont il faut savoir être la victime consentante. Dès le deuxième soir, ils ont fait l'amour chez elle, dans une chambre minuscule qui embaumait la fleur de frangipanier et abritait un lit en fer forgé blanc et une chaise en bois qui servait à la fois de table de nuit, de bibliothèque et de porte-vêtements. Une fenêtre, elle aussi minuscule, encadrait toute la Méditerranée.

« De chez moi, on voit Athènes, Le Caire et Jérusalem », lui avait-elle glissé à l'oreille en le quittant. Une promesse vertigineuse qui l'avait tenu éveillé toute la nuit. Le temps à terre passait toujours trop vite. Il n'y a pas eu d'effusions particulières au moment de se séparer ni de promesses qu'on savait ne pas pouvoir tenir.

Il se trouvait en mer de Sulu, au large des Philippines, quand il a appris qu'il était papa d'une petite Maria. Le pacha en personne l'a félicité et convié à dîner au mess des officiers le soir même. Deux mois se sont écoulés avant qu'il ne puisse serrer sa fille contre lui. C'était le portrait craché de sa mère. Une bénédiction. Livia et lui n'ont jamais officialisé leur relation. Ils se retrouvaient trois ou quatre fois par an, guère plus. Difficile dans ces conditions de fonder une famille, ils en sont convenus assez vite. De toute façon, ni l'un ni l'autre n'en exprimait l'envie ou le besoin. Être les parents de Maria suffisait amplement à leur bonheur. Avec le temps, ils sont devenus les meilleurs amis du monde, presque comme frère et sœur. Et s'il leur arrivait certains soirs d'été de redevenir amants, ils n'oubliaient jamais au réveil de se rendre leur liberté.

Jean-Marie écrivait tous les jours à Maria. Leur relation était bien plus profonde et sincère que celle qui unissait la plupart des pères et des filles qui dormaient tous les soirs sous le même toit. En dépit des milles nautiques, ils étaient inséparables. Il lui disait tout de ses journées, des horizons vers lesquels il voguait, des couchers de soleil qui le bouleversaient et de l'état de la mer. « Et ta mère à toi, elle est dans quel état ? » Il terminait toutes ses lettres par cette phrase dont il savait qu'elle scellait leur complicité. Maria, elle, lui envoyait des missives interminables qu'il relisait toujours plusieurs fois de peur de passer à côté de certains détails. La distance abolissait la pudeur, mais jamais la délicatesse. Elle lui livrait toutes ses interrogations d'adolescente, ne lui épargnait aucune question sur les garçons, dont il avait noté au passage qu'ils n'avaient jamais les mêmes prénoms, mais évidemment il se gardait bien d'en faire mention. Il se débrouillait toujours pour être présent à Noël, à son anniversaire et à la fête de fin d'année de l'école. Combien de pères pouvaient se vanter d'un tel grand chelem, année après année ?

Maria a grandi. *L'amour, ça fait grandir bien droit.* Elle est devenue une très jolie jeune fille de 16 ans, avec la tête sur les épaules et un regard qui vous transperce. De son côté, Jean-Marie a vieilli.

— Sans que je l'anticipe le moins du monde est arrivé le jour où les autres gars ont embarqué avec leur barda et où moi je suis resté avec le mien à quai, comme un con. Tu es au milieu de l'océan en pleine mission et la seconde d'après tu as atteint ta date de péremption. Tu finis à la poubelle avec les yaourts. Bien sûr, la Sicile c'était tentant, comme le sont toutes les mauvaises décisions. Mais on était d'accord : ce n'était pas notre histoire. J'ai passé plus de temps en mer qu'à la montagne, moi le montagnard. Il fallait absolument que je rééquilibre les choses. Alors, quand j'ai vu que le propriétaire d'une dizaine de bungalows cherchait quelqu'un pour s'occuper de l'entretien et de la location, j'ai sauté dessus. Bien sûr, la paye n'est pas très épaisse, mais le logement est agréable et la vue royale. L'héritage de mes parents et ce que j'ai réussi à mettre de côté me permettent de voir venir. Ça va faire six mois maintenant que je suis ici et je me sens vraiment chez moi. Sans oublier qu'il y a un vol direct par semaine entre Lyon et Catane. En deux heures, je peux retrouver ma fille quand elle me manque trop. D'ailleurs, tu vas faire sa connaissance, elle arrive la semaine prochaine pour passer les vacances avec moi. C'est une grande première. Sa mère s'est enfin décidée à la laisser voyager seule.

Très naturellement, au fil de sa narration, Jean-Marie s'est mis à tutoyer Marcello. Les repas, ça nourrit aussi l'amitié. Marcello ne saurait pas dire si le récit surprenant de cette vie l'inspire ou le déprime. Il a besoin de temps pour y réfléchir. Il note au passage que Jean-Marie arbore à nouveau son bonnet et ses lunettes de ski et se demande si cela préjuge d'un nouvel épisode psychiatrique à venir. En revanche, une chose est sûre, qu'il ressent au plus profond de ses entrailles : il lui envie sa fille. *Ave Maria.*

12

À peine Selma referme-t-elle la porte du restaurant derrière elle que le cliquetis des couverts et le brouhaha des conversations se taisent. Bien malgré elle, elle vient de couper l'appétit à la moitié de la salle et le souffle à l'autre. Sa robe noire boutonnée sur le devant, qui paraît avoir été cousue à même son corps, n'est pas totalement étrangère à ce brutal phénomène phonique. Djibril, pour sa part, a troqué son éternel tee-shirt sans forme pour un très élégant pull camel ras-du-cou, qui se marie idéalement avec son Chino beige. Ils forment un couple resplendissant et donnent au lieu une aura inespérée. Ils sont accueillis avec allégresse par une serveuse acnéique. Ils choisissent une table en retrait le long du mur, ils ne souhaitent nullement être l'attraction de la soirée. De-ci de-là, quelques cous continuent à se dévisser, mais dans l'ensemble tous les yeux ont regagné leurs orbites. On finit par les oublier, du moins en apparence.

Qu'est-il important de dire et qu'est-il vital de taire ? se demande Djibril en faisant semblant d'être absorbé par le menu. De son côté, Selma ne sait pas trop comment engager la conversation.

— Tu trouves ton bonheur ?

— J'hésite entre l'entrecôte et le tartare coupé au couteau avec les frites maison, et toi ?

— Je crois que je vais prendre la sole meunière avec des petits légumes à la place du riz sauvage. On se partage une entrée ?

Ils passent commande. Tout le temps qui peut être gagné l'a été. Djibril se jette finalement à l'eau :

— Il s'appelle Marcello Preziosi il est italien originaire de Turin il travaille comme représentant de commerce pour une marque de nourriture pour chiens mais n'exerce plus dans la région personne n'a son numéro de téléphone ni son adresse et tout le monde est d'accord pour dire que c'est quelqu'un de très bien voilà c'est tout ce que j'ai appris.

La serveuse leur apporte une bouteille d'eau minérale. Elle attend poliment, une main dans le dos, que Djibril finisse son laïus pour leur servir un grand verre à chacun. Djibril se jette sur le sien. Elle le ressert aussitôt. Il a la bouche desséchée. Selma trempe légèrement ses lèvres dans son verre. Calme en surface, elle trépigne à l'intérieur.

— Tu es un véritable Sherlock Holmes.

Djibril lui parle, sans trop s'étendre, de Simone et de Monique, de Fabrizio et de Joël, mais pas de Lucien, il ne veut pas l'inquiéter. Selma lui avoue que le nom de Marcello lui est totalement étranger. Elle aimerait tant s'en souvenir. Djibril pense la rassurer en lui révélant que son père n'a pas eu d'autres enfants, mais ça n'est pas le cas. Soit il n'en voulait pas, et Djibril va au-devant d'une grande déception, soit il n'a pas pu en avoir, et Djibril va devenir l'objet de toutes ses attentions. Cet homme va accaparer son fils, essayer de rattraper le temps perdu, et elle en sera privée. Ayant conscience de tout ce qu'elle a d'irrationnel, Selma garde son inquiétude, pour ne pas dire sa peur, pour elle. En revanche, apprendre le veuvage de Marcello ne lui déplaît pas. Une autre femme dans l'équation aurait pu compliquer encore davantage la situation.

À leur grand soulagement, leurs plats arrivent et ils plongent leur nez dans leur assiette. Puis Selma s'excuse, elle doit se rendre aux toilettes. Son cul roule sous le tissu tendu. Un léger affolement gagne l'assemblée. Sur le trajet du retour, elle en profite pour glisser un mot à l'oreille de la serveuse, qui acquiesce avec un grand sourire. Puis elle regagne sa table.

— J'ai pris quelques jours de vacances la semaine prochaine, je vais aller voir ta tante Leïla, tu peux m'accompagner si tu veux, tes cousines seront heureuses de te voir. Mais je comprendrais très bien que tu préfères rester seul à la maison. J'imagine que tu as déjà prévu plein de trucs avec tes copains ?

Elle lui tend une perche. Elle sait évidemment qu'il n'en est rien et ne peut qu'imaginer comment il va mettre ces jours de liberté à profit. Mais peut-elle faire autrement sans risquer d'entacher leur complicité qu'elle chérit tant ? Elle doit lui faire confiance. Il ne l'a jamais déçue. Djibril est sauvé par l'arrivée d'un magnifique gâteau de riz – son autre péché mignon – surmonté de 17 bougies. Sa mère, plusieurs serveurs et quelques clients des tables voisines entonnent un *Happy Birthday*, avec plus d'entrain que de justesse.

À l'instant même où Djibril souffle ses bougies sous une bordée d'applaudissements, à l'autre bout de la ville, dans le silence pesant du parking déserté, Simone allume sa lampe torche. Elle approche sa voiture le plus près possible des bennes, laisse la portière entrouverte et le moteur tourner. Elle fore l'obscurité sans succès quand, finalement, elle tombe sur ce qu'elle est venue chercher : une des boîtes de nourriture pour chiens dont elle a oublié la marque. Elle compte appeler l'entreprise le lundi matin à la première heure. Elle remonte aussitôt dans sa voiture, ferme précipitamment le loquet de la portière et s'éloigne au plus vite. Dans le lointain, elle croit entendre deux chiens aboyer et une voix avinée leur ordonner de la fermer. Pour se donner du courage et se sentir un peu moins seule, Simone allume la radio au moment où Marcello, de son côté, repose le combiné du téléphone. Cet appel tardif un samedi soir pour lui donner rendez-vous aux entrepôts lundi matin ne lui dit rien qui vaille.

Ce dimanche a été un jour calme, sans événements sportifs particuliers ni actualités marquantes. Aucune personnalité n'a cru bon de mourir ce jour-là. Ce dimanche n'a même pas cherché à se distinguer par une météo un tant soit peu exceptionnelle pour la saison. Non, ce dimanche s'est contenté de n'être que la veille du jour où la vie de tous va basculer.

13

Le lac n'est encore qu'une nappe de mazout quand Marcello enclenche la première. Le camping s'est rempli pendant le week-end. Jean-Marie a géré plusieurs arrivées, des étrangers en majorité : Belges et Néerlandais pour l'essentiel. Marcello a toujours un pincement au cœur quand le *petit bout d'Amérique* s'égaye. La lucarne de la salle de bains de son voisin est allumée, il doit « se faire beau » pour aller chercher sa fille ; Marcello s'en veut d'être aussi jaloux.

Il quitte les lieux au ralenti, ainsi que le panneau l'exige. Lui revient l'image du jour où, avec son beau-père, ils l'ont planté. Ils venaient de terminer de creuser le trou quand le père d'Odile, appuyé sur sa pioche, avait proposé qu'ils se tutoient : « Ça serait mieux. » C'était sa façon de lui souhaiter la bienvenue dans la famille.

Il a la route pour lui tout seul. « C'est toi qui ouvres la piste, mon bonhomme », dirait Jean-Marie. Une piste noire tel un ruban de réglisse. L'Alfa l'avale avec gourmandise. Il repense au coup de fil de samedi soir. Un homme s'est présenté comme le secrétaire particulier de M. Biaggi. Il était terriblement confus d'appeler à une heure aussi indue, mais son patron désirait faire la connaissance en personne de toutes les forces de vente et tenait particulièrement à sa présence. Son agenda le contraignait à un rendez-vous extrêmement matinal, lundi matin, à 5 h 45.

Par un jeu de rachats successifs, l'entreprise de Marcello est passée dans le giron d'un groupe agro-alimentaire italo-suisse. Tout le monde a l'air de s'en réjouir. Un article dans le journal local a fait l'éloge des nouveaux propriétaires et mis en avant leur volonté d'expansion et l'opportunité que cela représente pour l'emploi local.

Quand il arrive, un peu en avance, à l'entrepôt – des cubes gris posés au milieu de nulle part –, les silhouettes de deux camions se détachent sur l'aube naissante. Les chauffeurs, cigarette au bec, rigolent bruyamment. Il les salue de loin. Leurs têtes ne lui disent absolument rien. Il jurerait pourtant tous les connaître, depuis le temps ; sûrement des intérimaires. Une Mercedes flambant neuve, immatriculée en Italie, est garée près du bâtiment, à cheval sur deux emplacements dont un handicapé. Il n'en faut pas plus à Marcello pour se faire une opinion sur son propriétaire. En dehors de la sienne, c'est la seule voiture présente. Aucun de ses collègues n'est encore arrivé, ce qui ne l'étonne qu'à moitié. Ils ont plus souvent un quart d'heure de retard que cinq minutes d'avance. En revanche, il est surpris de ne voir ni la Fiat de Nathalie, la secrétaire, ni la Volvo break d'Olivier, son chef de secteur. L'un comme l'autre sont sourcilleux sur les horaires. La porte du hall est ouverte. Marcello passe devant la réception et se dirige vers les ascenseurs. La réunion se déroule au quatrième, l'étage de la direction. Il ne se rappelle pas avoir déjà vu l'entreprise à ce point déserte. Un ultime couloir l'amène devant la porte du bureau du président. C'est la première fois qu'il y met les pieds. Il frappe timidement.

— Entrez !

Une invitation étouffée lui parvient de l'autre bout de la pièce à travers le capitonnage bon marché de la porte, qu'il pousse sans ménagement.

M. Biaggi a la cinquantaine, il n'est pas très grand mais bien bâti. Il dégage une sensation de puissance intimidante. Ses cheveux courts sont gris, son sourire ultra blanc, sa peau hâlée et son regard noir. Il se lève pour accueillir Marcello. Il lui tend une main épaisse aux ongles soigneusement manucurés.

— Monsieur Preziosi, je suis enchanté de faire votre connaissance. Si j'ai bien compris, nous sommes compatriotes.

— À moitié, ma mère était française.

— Nul n'est parfait.

Biaggi rit sans faire l'effort de masquer qu'il se force. Son français est parfait, avec une légère pointe d'accent du sud de l'Italie.

— Asseyez-vous !

L'invitation est courtoise, mais quelque chose dans son intonation sonne comme un ordre. Il désigne à Marcello un canapé en cuir dans lequel ce dernier s'enfonce comme dans des sables mouvants, donnant à Biaggi un incontestable ascendant sur lui. Il n'a pas vu le piège arriver. Biaggi reste debout, au-dessus de lui, le dominant du corps et de la voix.

— Vous avez un emprunt chez nous, je vous propose de l'effacer si vous me rendez un petit service.

L'homme va droit au but. Marcello s'attendait à tout sauf à ça.

— De quel type de service parle-t-on ?

— Rien d'illégal, rassurez-vous.

Marcello n'est pas un cinéphile émérite, mais dans tous les films où il a entendu cette réplique, la suite a systématiquement prouvé le contraire.

— Aujourd'hui, pour entrer dans le cœur des gens, les entreprises ne peuvent plus se contenter de vendre leurs produits, aussi bons soient-ils… et nos produits sont bons, ce n'est pas à vous que je vais faire l'article. Elles doivent s'investir pour la collectivité. Nous devons montrer aux gens que ce qui est important pour eux l'est également pour nous. Nos consommateurs adorent leurs chiens. Ils les voient comme des membres de la famille. Nous allons donc nous investir auprès des refuges canins auxquels nous allons fournir de la nourriture gratuitement. Tous les quinze jours, nous collecterons les boîtes qui arrivent à leur date de péremption. Vous savez que le principe de précaution nous oblige à prendre des marges de trois, voire quatre semaines. Mais avec leurs animaux domestiques, les gens sont comme avec leurs gosses, ils ne prennent aucun risque. Une boîte dont la date de péremption est dépassée, même d'un jour, est une boîte invendable. Pire, cela fait du tort à notre image. Alors que cette boîte est tout à fait comestible, même pour un humain. Vous saviez ça ?

Marcello, luttant pour ne pas être totalement englouti par le canapé, opine.

— Les refuges ont souvent du mal à boucler leurs fins de mois, on leur enlève une sacrée épine du pied en prenant en charge la nourriture de leurs pensionnaires. Il n'y a aucun cynisme dans ce que je vous dis, mais nous, ça ne nous coûte rien, les produits seraient partis à la benne de toute façon, et on en retirera une bonne publicité. Il va de soi que tous les responsables de refuge deviendront de fait des ambassadeurs de la marque. À chaque nouveau maître, ils conseilleront tout naturellement d'adopter nos produits. Difficile de ne pas suivre les conseils de celui qui a pris soin de votre chien. Et ces clients seront des clients fidèles. C'est du gagnant-gagnant. Vous me suivez ?

— Jusque-là, je crois que oui.

— Je vous demande juste de vous occuper de ce projet. Vous aurez également en charge l'acheminement. J'ai bien conscience que ça va vous prendre du temps en plus de vos horaires de travail, mais il me semble que le jeu en vaut la chandelle. Et puis, si cette opération connaît le succès que j'imagine, on avisera. Olivier est proche de la retraite, il faut penser à l'avenir. Nous allons investir dans cette entreprise. Je compte en faire une des marques leaders de ce marché. Alors, je peux compter sur vous ?

— Je crois que oui.

— Je préférerais que vous soyez sûr, monsieur Preziosi.

— Je le suis.

— Dans ce cas…

M. Biaggi tend sa main à Marcello pour le gruter hors du canapé.

— Personnellement, je ne m'assieds jamais dessus, il est impossible d'en sortir. Et encore merci d'être venu me voir pendant vos vacances. J'apprécie pleinement votre professionnalisme. Je saurai m'en souvenir.

Marcello marque un temps d'arrêt, il a complètement oublié qu'il a pris deux semaines de congés afin que personne ne s'inquiète de son absence.

— Je n'avais rien de prévu aujourd'hui.

Intérieurement, Marcello savoure l'ironie de sa réponse et se demande même si son instinct de survie n'est pas en train de reprendre le dessus. En redescendant, il ne croise personne. M. Biaggi l'accompagne jusqu'à sa voiture.

— Si j'abuse, dites-le-moi, mais si vous n'avez rien de prévu, pourriez-vous faire un petit détour par le refuge canin de la Vanoise ? Vous verrez, c'est magnifique !

Sans attendre la réponse de Marcello, avec son pouce et son index, M. Biaggi siffle un des deux chauffeurs qui arrive avec une palette sur un diable. Finalement, ses manières sont moins strictes que la coupe de son costume ne le laisse supposer.

— Je vous laisse avec Gino, il va vous aider à charger et il vous donnera l'adresse. J'ai vraiment été ravi. Je suis convaincu que notre collaboration va être fructueuse.

Alors qu'il commence à s'éloigner, il fait brusquement volte-face.

— Je ne vous ai même pas demandé si vous restiez rue Charrel pendant vos vacances ?

M. Biaggi lui signifie clairement qu'il n'est pas homme à laisser passer le moindre détail. Marcello perçoit, dans sa candeur feinte, une vague menace, mais il se méfie de sa propension à tout dramatiser ces derniers temps, et puis il se sent un peu coupable. Sans volonté aucune de cacher quoi que ce soit, Marcello n'a jamais donné l'adresse du bungalow. Pour lui, c'est, et ça restera, chez Odile. À son employeur, il a donné l'adresse de l'appartement de sa mère, à Grenoble, dont il a hérité. Il n'y a jamais habité, y a à peine mis les pieds. Il se contente juste de le louer une broutille à un cousin germain avec lequel il a partagé quelques étés dans sa tendre enfance, et qu'il ne côtoie guère plus aujourd'hui. Un Preziosi comme lui, Mauricio de son prénom.

Marcello hésite quant à la réponse à donner. Il reste flou.

— Je vais peut-être bouger.

— Ça vous fera du bien. Vous avez mauvaise mine. Profitez du grand air. Allez en altitude. Respirez. *Ciao !!*

M. Biaggi lui tourne définitivement le dos, laissant son larbin régler les problèmes d'intendance. Gino, en débardeur, les bras couverts de tatouages, a des allures de petite frappe et le regard séditieux de ceux qui cherchent les embrouilles. Il ne s'exprime qu'en italien, avec un fort accent calabrais. Il rabat la banquette arrière et vide l'entièreté de la palette dans le coffre. Il donne à Marcello un petit papier plié en quatre que celui-ci glisse directement dans la pochette de son pare-soleil. L'autre chauffeur lui ressemble comme deux gouttes d'eau, avec peut-être un peu moins de morgue. À coup sûr des frangins. L'un et l'autre mettent Marcello mal à l'aise.

Il a subitement hâte de quitter les lieux. L'Alfa ne se fait pas prier. Il préférerait rejoindre directement son bungalow et faire la connaissance de Maria autour d'une tasse de café, mais la balade qu'on lui impose n'est pas non plus désagréable, surtout avec le beau temps qui s'annonce. Il est encore tôt, il peut largement faire un crochet pour passer voir Lucien.

14

Quand le téléphone carillonne, Olivier, derrière la vitre de son bureau au premier étage, regarde le parking qui se remplit progressivement. Aujourd'hui, il doit faire la connaissance de M. Biaggi, le nouveau P-DG. Il a conscience d'être sur la sellette. Les commerciaux, c'est le nerf de la guerre et il en est le responsable. Les chiffres sont bons, mais ils peuvent toujours être meilleurs. Il éponge avec son mouchoir en tissu son front qui perle. Une Alfa Romeo noire qui franchit la barrière au ralenti retient immédiatement son attention. Une SZ. Il ne se souvient pas d'en avoir déjà vu une : c'est forcément le patron. Il ferme le col de sa chemise et réajuste sa cravate sans quitter la voiture des yeux. Il ne s'est jamais demandé ce à quoi pouvait bien ressembler M. Biaggi, mais s'il l'avait fait, il ne l'aurait jamais imaginé aussi grand et maigre, les cheveux si denses et si blonds. Son surnom est tout trouvé : le Poireau. Olivier prend sa veste sur le dossier de son siège et descend à sa rencontre.

Nathalie, qui revient des toilettes et termine d'ajuster son chemisier, décroche à la troisième sonnerie. À l'autre bout du fil, Simone, déjà installée à son poste de travail, demande à parler à Marcello. Nathalie l'informe que, malheureusement, celui-ci est absent pour toute la semaine. Simone insiste pour avoir son numéro de téléphone et son adresse. Quoique de nature arrangeante, Nathalie se montre intransigeante : on ne communique pas ce type d'informations par téléphone. Mais si son interlocutrice souhaite laisser son nom et son numéro, elle demandera à Marcello de la contacter la prochaine fois qu'elle le verra.

Il n'y aura pas de prochaine fois mais, pour l'heure, la pauvre Nathalie l'ignore.

15

Le wagon de Selma s'ébranle. Par la fenêtre, elle agite une dernière fois sa main en direction de Djibril, qui lui renvoie ses baisers. Il accompagne la marche du train sur quelques mètres en trottinant, ce qui fait sourire sa mère. Puis il doit s'avouer vaincu. Happé par l'horizon, le TGV disparaît.

Il sait que sa mère sait.

Elle lui laisse le champ libre. Il mesure le courage dont elle fait preuve. Le courage et l'abnégation, car il en faut pour accepter de partager son fils unique avec un « inconnu ». Il veillera à se montrer digne de son amour.

Au moment de rebrousser chemin, Djibril avise un sac à dos qui gît seul sur le quai, à quelques mètres devant lui. Aussitôt, il imagine le pauvre passager qui l'a oublié. Pour lui, grande vitesse ou pas, le trajet va être long. Sans hésiter, Djibril attrape le sac à la volée par une des sangles. Il balaie en vain le quai du regard, à la recherche d'un contrôleur à qui remettre l'objet trouvé. En découvrant sa silhouette devant la vitrine du marchand de journaux, il stoppe net. Une idée, qui germe en lui depuis la veille, prend subitement corps en même temps que s'empare de lui un oppressant sentiment d'urgence. Après avoir déposé le sac à un guichetier, il rentre chez lui sans perdre une minute. Il prépare quelques affaires qu'il fourre dans son propre sac à dos, écrit un mot à sa mère qu'il laisse en évidence sur la table de la cuisine, vérifie à plusieurs reprises qu'il a bien le Polaroid avec lui, et, surtout, il fait attention à refermer la porte à clé derrière lui, comme Selma le lui a répété un bon millier de fois.

Des vents contraires sur tout le trajet ont retardé le vol de Maria de presque une demi-heure. À l'aéroport de Lyon-Satolas, Jean-Marie s'impatiente. Las d'être suspendu dans l'azur, l'avion d'Alitalia finit par se poser. Des cars avides de passagers partent instantanément à sa rencontre. Puis, derrière les vitres, Jean-Marie aperçoit sa fille qui attend sa valise au milieu de la foule. À peine six mois se sont écoulés depuis leur dernière rencontre et pourtant il a la sensation d'avoir affaire à une tout autre personne. Débarrassée des dernières rondeurs de l'enfance, Maria exhibe désormais un corps et une allure de jeune femme. Cette métamorphose subite de sa fille trouble profondément Jean-Marie. Il suffit d'observer le regard des hommes qui croisent son chemin pour comprendre que son bébé n'en est plus un. Le poste de douane tout juste franchi, Maria se jette dans ses bras comme quand elle avait 10 ans. Il est rassuré. Dans la bouche de la jeune fille surexcitée, l'italien et le français se bousculent, se percutent et se fracassent dans une joyeuse confusion, pour le plus grand plaisir de son père. Maria n'a qu'une hâte, découvrir le bungalow, sa chambre et surtout le lac. Elle a apporté tous ses maillots de bain, ce n'est pas pour les laisser dans le fond de sa valise, même si elle rêve secrètement de pouvoir se baigner nue au clair de lune.

16

À sa grande surprise, Marcello se casse le nez à la porte du cagibi de Lucien. Sur le quai de déchargement, un jeune manutentionnaire, momentanément désœuvré, lui apprend qu'il l'a vu partir tôt le matin même avec ses *garçons*. Lucien ne manque jamais une occasion d'aller promener ses chiens, et aujourd'hui est une journée idéale pour une excursion champêtre. Le soleil est encore bas mais menace déjà d'être violent quand Marcello retourne à sa voiture. Il se sent bizarre. Quelque chose le tourneboule, sans qu'il arrive à mettre le doigt dessus. Ce sentiment de malaise a débuté dans le bureau de M. Biaggi. Il a grandi pendant le trajet, mais Marcello a réussi à le tenir à distance en écoutant de la musique à tue-tête ; une façon comme une autre de s'abrutir. Là, il se sent de nouveau à sa merci. Le cuir qui recouvre son volant est tiède. Il se met à le serrer jusqu'à ce que les jointures de ses doigts deviennent toutes blanches et ressemblent aux sommets enneigés d'une petite chaîne de montagnes. Brusquement, il relâche son effort et s'écroule sur son volant. Il demeure ainsi un long moment, immobile, silencieux, ailleurs. Il ressemble à un saint, la tête enfoncée dans une auréole beaucoup trop grande pour lui. Cette satanée morsure au cœur, l'évidence vient de le frapper : c'est Odile. Bien sûr ce n'est pas nouveau, mais ce qui l'est, c'est de ne pas y penser. De ne plus y penser. À bien y réfléchir, depuis l'accident du lac, il se sent délesté de ce poids qui l'a entraîné par le fond. Il vient de réaliser qu'il est remonté à la surface sans elle. Odile s'est dissoute dans l'eau. Il n'y a pas d'autre explication. Comment cela est-il possible ? Il ne le sait pas mais le constat est là, difficile à formuler, difficile à accepter, et pourtant bien réel : il est délivré d'Odile. Il n'a pas encore le cran de dire débarrassé, mais ça viendra et ça n'aura rien de désobligeant.

Trois ans, c'est ce qu'il faut pour faire son deuil, aurait dit sa mère, qui connaissait le temps nécessaire à toute chose. « Les œufs durs, c'est dix-douze minutes après avoir porté l'eau à ébullition. Une petite toux, c'est quatre jours ; une grosse, sept. Changer un pneu, ça te prend un quart d'heure. Faire l'amour avec ton père, c'était dix minutes douche comprise. »

Maintenant, son volant est tiède et trempé, un mélange acide de sueur et de larmes. Pourtant, il le saisit à pleines mains, soulagé. Sans le relief métallique des voitures, absentes en cette heure matutinale, le parking n'est qu'une plaine de béton à perte de vue. Il aperçoit le jeune auto-stoppeur au loin, qui attend tranquillement à la hauteur du stop. Marcello sait, avant même de démarrer, qu'il va lui proposer de faire un bout de chemin avec lui.

17

Après avoir fait connaissance et évoqué la destination finale de chacun, ils tombent d'accord sur un point de chute. Ils échangent quelques propos banals sur le temps et la région, puis, progressivement, au fil des kilomètres, le silence s'établit, abandonnant au seul moteur de l'Alfa, qui n'en demande pas tant, la prérogative du bruit. La beauté du paysage s'aiguise à mesure qu'il s'élève. Marcello, le regard braqué devant lui, et Djibril, les yeux rivés sur le bas-côté, essayent, chacun dans son coin, de faire face au drôle de tour que la vie est en train de leur jouer. Marcello, encore sous le choc d'avoir oublié Odile, récure le moindre recoin de sa conscience dans l'espoir d'y trouver des résidus de culpabilité. Quant à Djibril, il repense à l'un de ses cours durant lequel ont été évoquées la loi de Murphy et la notion de synchronicité. Il y était question de coïncidence, de prémonition, d'intuition et de signe du destin. Que Marcello se soit arrêté à sa hauteur, à peine un quart d'heure après l'arrivée de Djibril sur le parking, ne peut être le fruit du simple hasard. C'est forcément un signe du destin. Sa clairvoyance, son intuition, il ne sait pas trop comment nommer le phénomène, a clairement rencontré un écho. Pour Djibril, tout est parti d'une équation : Marcello voit Lucien, mais les gens du magasin ne voient jamais Marcello. Il en a logiquement déduit qu'il doit venir très tôt le matin. Qu'il vienne tard le soir est une hypothèse qu'il n'a pas retenue. Connaissant Lucien, Marcello sait forcément qu'il a peu de chance de le trouver à jeun après 18 heures. D'autre part, en parlant de son ami, Lucien, à plusieurs reprises, a évoqué un auto-stoppeur. Marcello n'hésite pas à en prendre pour lui tenir compagnie durant ses longs trajets professionnels. Sûrement une façon comme une autre de lutter contre la solitude dans laquelle la disparition de sa femme l'a plongé. En voyant son reflet à la gare, Djibril a, sans savoir comment, associé ces deux éléments. Et le romanesque propre aux gens de son âge a fait le reste. Il s'est pointé dès l'aube sur le parking, avec son sac à dos et la certitude qu'il finirait par tomber sur Marcello. Évidemment, cela pouvait prendre des jours, des semaines, voire des mois… Il n'a en aucun cas imaginé que cela ne prendrait qu'un quart d'heure. C'était mathématiquement impossible, il s'agit indéniablement d'un signe du destin. Dans l'esprit du jeune garçon, Marcello ne peut que recevoir positivement la nouvelle de sa paternité.

Djibril sort le Polaroid de sa poche et se met à le triturer ostensiblement. Marcello ne met pas longtemps à être intrigué par son petit jeu. Mais il n'ose pas tourner totalement la tête, la route est sinueuse et l'Alfa fougueuse. Après quelques brefs coups d'œil vers Djibril, il s'enquiert de ce qu'il tient entre ses mains.

— Un Polaroid de ma mère et… de mon père, scande Djibril, en appuyant bien sur « mon père », comme pour affirmer que celui-ci est le personnage central de sa vie.

— Tu te balades toujours avec ?

— Non.

Ce « non » est volontairement sec et intriguant.

— Je ne veux pas me mêler de ce qui ne me regarde pas, mais il y a une raison particulière pour que tu l'aies avec toi aujourd'hui ? demande Marcello.

— Oui.

Le procédé est trop efficace pour y renoncer tout de suite.

— Et c'est trop de te demander laquelle ?

— Je suis à la recherche de mon père.

On y est. Marcello ralentit avant d'entrer dans un virage plus fourbe que les autres et accélère de nouveau franchement une fois à l'intérieur. L'Alfa chasse légèrement de l'arrière et Djibril sent son corps se coller à son siège.

— Ah, les pères ! Tu ne sais pas où est le tien et tu le cherches, et moi je sais parfaitement où est le mien et je ne l'ai pas vu depuis bientôt trente ans.

Que Marcello lui fasse une révélation aussi intime le déstabilise, tout en le confortant dans son sentiment qu'une connexion particulière existe entre eux. Les rôles se sont inversés, c'est à lui maintenant de poser une question.

— Vous êtes fâchés ?

— On peut dire ça. Il nous a abandonnés, ma mère et moi, quand j'étais gosse, et on a découvert qu'il avait une autre famille avec un enfant un peu plus jeune que moi. Ma mère ne s'en est jamais vraiment remise, la pauvre, elle s'est confite dans sa solitude. Et moi, la dernière fois que j'ai vu mon père, j'étais en sortie scolaire au bord d'un lac.

C'était quelques mois après son départ. Je l'ai aperçu avec son « nouveau » fils. Ils ne m'ont pas vu. Je ne suis pas allé vers eux. Ils étaient dans l'eau. Mon père était en train de lui apprendre à nager, ce qu'il n'a jamais fait avec moi. Je les ai regardés longuement. Mon père était attentif, tendre, patient, il lui souriait, l'embrassait sur le front, avait des gestes affectueux. Même un enfant aussi jeune que moi à l'époque pouvait ressentir l'amour qu'il y avait entre ces deux-là. C'était clairement un autre homme. Un autre père. Je ne l'avais jamais vu aussi heureux. Je me souviens d'avoir pensé que s'il ne l'était pas quand il vivait avec nous, ça devait sûrement être à cause de nous. De moi.

Pour ne pas se laisser emporter par l'émotion qui le gagne, Marcello se concentre pleinement sur le défi inattendu que représente subitement la courbe d'un virage au premier abord anodin. Il le négocie avec doigté et reprend le fil de la conversation :

— Aujourd'hui encore, je ne sais pas nager.

Cette révélation pour le moins inattendue plonge Djibril dans un abîme de perplexité. C'est la première fois qu'il rencontre un adulte qui avoue aussi ouvertement ses tares. Que cet adulte soit son père le réjouit. Que sa faille soit celle-ci le dévaste. Quand elle l'apprendra, sa mère ne se refusera pas le plaisir d'en faire des gorges chaudes. Djibril est condamné à refaire équipe avec elle. À moins que…

— Toi aussi, ton père est parti ? s'enquiert Marcello.

— Non. Il a jamais été là. Il y a toujours eu que nous deux, ma mère et moi. Mon père ne sait même pas que j'existe.

Le clic-clac du clignotant droit vient ponctuer sa phrase. Une façon élégante du destin de lui signifier que sa vie va prendre une nouvelle direction.

18

La station-service d'Adrienne et Eugène Guérin est ouverte tous les jours, le samedi et le dimanche matin ainsi que les jours fériés. Le dimanche après-midi, on peut les croiser sur les sentiers de randonnée qu'ils arpentent depuis des décennies. Ils marchent à vive allure, ne s'adressant la parole qu'en cas d'extrême nécessité : ils gardent leur souffle pour les pentes et les faux plats. Ces balades dominicales expliquent à coup sûr l'incroyable vitalité qu'ils affichent pour leur âge. Ils officient de 6 heures pétantes à 20 heures. Mais il n'est pas rare qu'ils dépannent un étranger ou un autochtone en mal de carburant longtemps après l'heure de la fermeture. Ils habitent sur place, au-dessus de la boutique. C'est dans ces 54 mètres carrés qu'ils ont élevé leur progéniture. L'aînée est docteure dans la vallée et le cadet, notaire du côté de Valence. Adrienne et Eugène ne sont pas peu fiers de leur réussite et il ne faut pas les pousser beaucoup pour qu'ils vous en rebattent les oreilles. Leur station-service est en activité depuis 1946. Elle a appartenu au père d'Adrienne avant qu'Eugène, qui était son mécanicien, ne la lui rachète au mitan des années 1960.

« J'ai racheté la station et la jolie fille était comprise dans le prix », plaisante-t-il avec les rares automobilistes qui s'intéressent un tant soit peu à l'histoire de l'endroit. Ils se sont endettés pour la moderniser et battus pour la garder indépendante. L'un et l'autre voient la station-service comme leur troisième enfant, celui qui ne quittera jamais le domicile. Beaucoup de clients locaux sont devenus des amis. Ils viennent faire le plein, mais surtout tailler le bout de gras. Eugène est chasseur, pêcheur et marcheur. Ce qui veut dire qu'il a au minimum un point commun avec chacun des hommes des environs. De son côté, Adrienne, elle aussi marcheuse, sait jouer à tous les jeux de cartes, poker y compris, et n'est pas la dernière pour les cancans et la rigolade. Alors, bien sûr, c'est plus cher que les stations des grands groupes pétroliers, mais au moins le service est personnalisé et l'argent va à des gens du coin. Sans parler du risotto d'Adrienne qui n'a pas son pareil de ce côté-ci des Alpes.

Marcello s'arrête à la pompe numéro 1. La numéro 2 est occupée par l'Estafette grise du primeur qui fait le tour des villages d'altitude. Il passe deux fois par semaine, le lundi et le jeudi. Le mardi et le vendredi sont réservés au TUB du boucher.

Marcello n'est pas un habitué de cette station, mais un occasionnel assidu. Eugène l'accueille d'une amicale poignée de main.

— Comment va ?

— Bien. Vraiment bien.

Il y a belle lurette que Marcello n'a pas répondu avec autant de sincérité à cette question.

— Et vous deux, ça va ?

D'un geste ample du bras, Eugène désigne le paysage qui s'étale devant eux.

— Comment il pourrait en être autrement, quand tous les jours vos volets s'ouvrent sur ça.

— C'est vrai, ça n'a pas de prix. Ce n'est pas comme ton essence.

Eugène se marre comme un môme à une blague salace.

— La roche, c'est bien beau, mais ça ne se mange pas en salade. Je te fais le plein ?

— Oui, merci.

Eugène vient d'introduire le pistolet dans le réservoir quand Djibril sort de l'Alfa.

— Bonjour, monsieur.

— Bonjour.

— Les toilettes, s'il vous plaît ?

— Là, juste à droite. Si tu as besoin de papier, passe à la caisse, ma femme t'en donnera.

— Merci.

Djibril s'éloigne.

— Il est bien poli, ce petit.

— Je l'ai pris à Lyon, il va retrouver son père qu'il n'a jamais vu.

— Waouh !!! Sacrée journée dans la vie d'un gamin.

Marcello entre dans la boutique.

— Bonjour, Adrienne.

— Bonjour, ça fait plaisir de vous voir.

— Oui, à moi aussi.

— Il est de la famille, le petit ?

— Non, c'est juste un auto-stoppeur chanceux de m'avoir trouvé sur son chemin, répond Marcello tout en lui désignant deux petites bouteilles d'eau.

— Ça vous fera 250 francs.

— Vous me ferez une petite fiche pour l'essence.

Quand Marcello ressort, Djibril est toujours aux toilettes. Tous ces virages ont dû le brasser un peu. Marcello demande à Eugène des précisions sur l'itinéraire à suivre pour se rendre au refuge de la Vanoise. Eugène, qui connaît la région comme sa poche, lui indique un raccourci qui lui fera gagner au bas mot 5 kilomètres.

— Au prix de mon essence, faudrait voir à pas la gaspiller.

Un large sourire barre encore le visage de Marcello quand il se glisse derrière son volant. S'inquiétant de ne pas voir revenir Djibril, il se penche pour regarder du côté de la fenêtre passager et c'est là qu'il le voit, posé à l'envers sur le siège. Il hésite avant de s'en saisir et de le retourner, mais au bras de fer avec sa bonne éducation, sa curiosité est la plus forte. De là où il se tient, Djibril a une vue suffisamment dégagée sur l'Alfa pour comprendre que Marcello vient de découvrir le Polaroid. Le cœur battant, il traverse la station comme si de rien n'était. À hauteur des pompes, il fait un signe de tête à Eugène, qui se débat avec un tuyau emmêlé. L'attitude de Marcello laisse à penser qu'il ne lui prête aucune attention mais, bien entendu, il n'en est rien. Djibril actionne la poignée de l'Alfa mais la portière refuse de s'ouvrir. Surpris, il toque à la vitre à l'instant précis où un coup de klaxon retentit pour saluer Eugène. Marcello tourne la tête en direction de la voiture qui passe au ralenti devant la station. Djibril réitère son geste. La vitre s'entrouvre.

Marcello agite le Polaroid sous son nez.

— C'est quoi, ça ?

— Ma mère et mon père.

— Non ! C'est ta mère et moi. C'est une photo prise au hasard dans une soirée et ce n'est en aucun cas une preuve de paternité. Si tu cherches à te faire un peu d'argent, tu es mal tombé. Tu n'as pas choisi le bon pigeon. Je suis totalement à sec.

Le Marcello amène et affable n'est plus. Djibril ne comprend pas ce qui se passe.

— Pourquoi vous me parlez sur ce ton ?

— Ce n'est pas ce que tu veux : m'extorquer quelques billets contre ce Polaroid ?

Djibril bafouille. Le sang lui bat aux tempes.

— Mais… mais pas… pas du tout. Je vous l'ai dit, je cherche mon père.

— Je ne sais pas comment tu te l'es procuré. Peut-être que tu en as tout un tas avec ta mère et que tu t'amuses à faire chanter les hommes qui sont dessus en prétendant que tu es leur fils caché ou que sais-je encore. Peut-être que certains paniquent et qu'ils te paient sans discuter. Mais moi, je n'ai rien à perdre et il y a longtemps que la peur n'a plus prise sur moi.

— Je suis pas un petit voyou, et ma mère, c'est pas une menteuse. Si vous êtes si sûr de vous, on n'a qu'à aller faire un test. La Suisse est à deux pas. Je me suis rencardé et c'est pas comme ici, les démarches sont super simples. Allons dans un laboratoire. On sera vite fixés. Et si vous êtes pas mon daron, je me casse et vous verrez plus jamais ma tronche. Et si vous l'êtes, à vous de voir si vous assumez ou pas.

Dans tous les cas, c'est vous le boss. Qu'est-ce que vous avez à perdre ?

Ou ce gamin est un sacré acteur, ou il croit réellement à ce qu'il dit. Ou alors, et c'est une éventualité que Marcello doit envisager même s'il s'y refuse dans l'immédiat, il dit la vérité. Une chose est sûre : Marcello vacille. Il le sent et s'efforce de n'en rien laisser paraître. Il doit à tout prix abréger cette conversation. Il n'a jamais été un bloc d'assurance mais là, il commence sérieusement à se fissurer.

— Je n'ai pas le temps, on m'attend. Récupère ton sac à dos et va tenter ta chance ailleurs. Tu ne devrais pas avoir trop de mal à trouver une autre voiture. Demande à Eugène, il connaît tout le monde par ici.

Trop éloigné pour en saisir le moindre mot, Eugène suit néanmoins l'échange à distance. Nonchalamment, il se dirige vers le panneau stop truffé de plombs qui marque la sortie de sa station. Des gosses du coin aiment le prendre pour cible. Eugène s'est juré qu'un de ces quatre il gaulerait un de ces chenapans. Il s'allume un petit cigare Fleur de Savane, son péché mignon. Il veille toujours à fumer à distance des pompes et des reproches d'Adrienne, les deux pouvant être à l'origine d'incendies spectaculaires. L'endroit est idéal. La roue avant droite de l'Alfa n'a pas été longue à venir écraser le petit tas de cendres qui s'est formé à ses pieds sur le sol sablonneux. Eugène se penche à l'intérieur de la voiture en prenant appui sur la vitre à moitié ouverte. Il jette un ou deux regards en biais au garçon resté figé sur place sur le parking, tout en hochant la tête aux propos de Marcello.

Djibril, son sac à dos pendouillant au bout de son bras comme un rêve trop lourd, se fustige intérieurement de tant de naïveté. À quoi s'attendait-il ? À un accueil les bras ouverts ? À ce que Marcello se jette à son cou et le couvre de baisers ? Quel adulte un tant soit peu sensé donnerait le bon Dieu sans confession à un auto-stoppeur juvénile armé d'un pauvre Polaroid ?

Mais il s'est trop investi pour en rester là. Il ne peut pas s'avouer vaincu à la première difficulté. Alors il pique un sprint en direction de l'Alfa. Eugène, en le voyant fondre sur lui comme une balle, s'écarte sagement de la voiture. Si la vie lui a appris une chose, c'est qu'il ne faut jamais se retrouver entre le marteau et l'enclume.

— Au beau milieu de la nuit, vous avez reçu un coup de bigo, vous avez pleuré et vous vous êtes barré en laissant ma mère.

La phrase est sortie toute seule sans qu'il l'ait préméditée. Il l'a dite avec calme, sans intention aucune de froisser. Il a tout de suite su qu'elle avait fait mouche. Marcello se laisse aller en arrière sur son siège, débouche sa bouteille d'eau et la vide jusqu'à la dernière goutte. Puis il reste un temps les yeux dans le vague avant de le dévisager. Djibril n'ose plus bouger. Eugène tire sur son Fleur de Savane et porte toute son attention sur la fumée qui s'élève, trop heureux de regarder ailleurs.

Soudain, à l'intérieur de l'Alfa, le bitoniau indiquant l'ouverture de la portière se dresse comme un ver jaillissant de son trou. Djibril jette son sac sur la banquette arrière et attache sa ceinture. Marcello adresse un signe amical à Eugène et démarre. La poussière qui s'envole fait tousser le vieux pompiste qui, semblant en vouloir à son cigarillo, l'écrase sous sa semelle.

Marcello tend l'autre bouteille d'eau à Djibril. Il lui rend aussi son Polaroid. Sans un mot, ils parcourent ensuite plusieurs dizaines de kilomètres sur une route dansante qu'obombrent des murailles menaçantes de chaque côté, avant d'arriver aux abords de Lanslebourg-Mont-Cenis. C'est fou à quel point un silence peut être différent d'un autre. Puis Marcello immobilise le véhicule dans un renfoncement ménagé à cet effet qui offre sur le lac un point de vue magistral.

Il descend de la voiture et va s'asseoir sur un bout de rocher usé par toutes les paires de fesses qui l'ont précédé. Son regard prend la fuite vers l'infini du décor. Quelques instants plus tard, Djibril, lui aussi, se pose sur ce gros caillou. Leurs épaules se touchent. Ni l'un ni l'autre ne fait un geste pour qu'il en soit autrement. Un touriste à côté d'eux prend des photos qui ne réussiront jamais à retranscrire l'aspect grandiose du lieu. Une fois de retour chez lui, il les fera tirer, les regardera, sera déçu et les rangera dans une boîte qu'il ne rouvrira plus jamais. Au grand soulagement de Marcello, il regagne rapidement sa voiture, sûrement pressé de rejoindre le prochain point de vue. À ce rythme-là, sa boîte sera vite pleine.

— C'est ta mère qui t'a dit que j'étais…

— Oui. Elle m'a raconté que vous vous étiez rencontrés dans les allées de l'hyper. Que vous aviez passé la soirée à boire et qu'elle s'est réveillée, seule, dans une chambre d'hôtel le lendemain matin. Elle m'a aussi dit qu'elle avait jamais cherché à vous joindre quand elle avait su pour moi. Elle tenait à ce que je sache que si vous ne vous étiez jamais manifesté, c'était entièrement sa faute.

— Tu ne m'as pas dit son prénom.

— Selma.

— Et elle fait quoi dans la vie, Selma, quand elle n'est pas occupée à faire de son fils un adulte potable ?

— Infirmière à l'hôpital.

— Si je comprends bien, elle consacre sa vie aux autres.

— On pourrait croire que vous la connaissez.

L'humour de ce garçon n'est pas sans lui rappeler le sien. Est-ce une partie de son héritage ?

— Tu me remontres le Polaroid ?

Djibril le lui tend, leurs doigts s'effleurent et une décharge électrique les parcourt tous les deux. Chacun se demande si l'autre l'a ressentie.

La femme sur le Polaroid est très belle. Et même si l'homme sur la photo lui semble être un étranger, c'est bien lui, il ne peut le nier. Et pourtant, ce moment immortalisé, en dépit de tous ses efforts, il ne s'en souvient pas. En revanche, des fragments douloureux de son existence avec Odile lui reviennent en pleine figure.

Ils étaient en couple depuis un peu plus de deux ans quand un soir, de but en blanc, elle lui avait annoncé qu'elle partait vivre à l'étranger. Alors qu'il s'en étonnait, elle lui avait assené qu'elle n'en pouvait plus d'*ici*. À son ton, sans qu'elle ait besoin de le préciser, il avait compris qu'il faisait partie du *ici*. Ils n'en ont jamais reparlé. Pendant quelques semaines, Marcello avait noyé sa souffrance et sa colère dans des alcools de marque et des draps anonymes.

Et puis il y a eu l'accident de ses beaux-parents. C'était ça, le coup de fil en pleine nuit évoqué par Djibril. De ça, Marcello se souvient parfaitement. Odile était en état de choc. D'une voix blanche qu'il ne lui connaissait pas, elle l'a supplié de revenir tout de suite. À partir de là, il a totalement occulté la soirée et tout ce qui s'est ensuivi jusqu'à cet appel. Il est parti comme un fou sans réfléchir. Il a d'abord mis du temps à retrouver sa voiture et ensuite le trajet a été interminable. Lui qui croyait le connaître par cœur en découvrait chaque tronçon. Il n'était plus lui-même. Après l'enterrement, Odile et lui ont repris le cours de leur vie et l'amour a fini par avoir le dessus. Il a cru que le temps, comme une ardoise magique, effacerait toute trace de ses égarements. Il s'est lourdement trompé. Alors oui, il y a des chances pour que cette femme dise vrai.

— Tu lui ressembles beaucoup.

Ils se font enfin face. Djibril lui sourit.

— À lui ou à elle ? Je vous taquine.

Marcello sourit à son tour. Décidément, cet humour.

— Comment t'es-tu débrouillé pour me retrouver ?

— Franchement, j'y suis allé à la *one again.*

— Pardon ?

— À l'impro, si vous préférez. J'imaginais pas que ça allait être aussi facile. La baraka, c'est d'avoir rencontré Simone et Monique à l'hyper.

— Je me souviens de Simone, une femme charmante. Chaque fois qu'elle me voyait, elle me disait : « Vous passerez le bonjour à Catherine et… »

— Et vous lui répondiez : « Je n'y manquerai pas. »

— Je vois que tu es au courant du moindre détail.

— Oui. Et grâce à elles deux, j'ai connu Joël, c'est lui qui a pris ce cliché.

— Joël, bien sûr ! Toujours boucher ?

— Toujours. Joël m'a mené à Lucien et Lucien à vous. En parlant de Lucien, je me demandais ce qui est arrivé à ses enfants et à sa femme ?

Marcello prend son temps pour évoquer cette journée du 13 juillet 1972. Elle se présentait sous les meilleurs auspices. La météo était magnifique et le trajet en train s'était déroulé dans la joie et la bonne humeur. Les enfants ont joué entre eux, sans se disputer, pendant que Lucien et sa femme ont planifié les jours à venir, sans se disputer. C'étaient des actifs, ils ne tenaient pas en place, avec eux les journées commençaient tôt et se terminaient tard. Ils sont arrivés à la gare de Betten à l'heure prévue. Chacun portait sa valise, à l'exception de Lucien, qui s'en coltinait deux. À peine à quai, les garçons se sont précipités à l'extérieur avec leurs bagages. Lucien leur a ordonné d'attendre devant la porte. Ils ont obéi. Et c'est donc groupés qu'ils ont pris place dans la queue déjà importante pour attendre le téléphérique qui reliait la gare à la petite station de Bettmeralp, près de 1 000 mètres plus haut, où ils avaient loué un chalet, le même que l'année précédente. Ils allaient devoir prendre leur mal en patience. Avec un peu de chance, ils seraient de la deuxième fournée. Quand la première cabine est arrivée et que les portes se sont ouvertes, les garçons ont faussé compagnie à leurs parents. Lucien a eu beau leur enjoindre de s'arrêter, ils ont remonté toute la queue en rigolant avant de s'engouffrer dedans. L'incident n'a évidemment échappé à personne et aucune voix ne s'est élevée quand leur mère, à coups de « Pardon », s'est frayée un chemin jusqu'à eux. Avec ses deux valises, Lucien n'a même pas essayé. Quand la cabine s'est élevée, il a entraperçu ses deux garçons, écrasés contre la vitre, qui lui faisaient de grands coucous. De magnifiques sourires mangeaient leurs visages mutins. Sa femme, derrière eux, a fait un signe qu'il a interprété comme : « On t'attend là-haut. » Arrivée à mi-parcours, au niveau du village de Betten, la cabine a chuté brutalement. Le câble avait rompu et rien n'a pu la freiner. Elle s'est écrasée à plus de 100 kilomètres à l'heure sur la station de départ. Sous les yeux de Lucien. À ses pieds, littéralement. Treize personnes sont mortes sur le coup. Dix n'avaient aucun lien de parenté avec lui.

— La suite, tu la connais.

Ne trouvant ni rides ni poils sur lesquels s'accrocher pour freiner leur course, de grosses larmes silencieuses glissent sur les joues de Djibril, comme sur un toboggan lustré. Marcello, un peu désemparé, change de sujet.

— Comment as-tu su que j'allais passer aujourd'hui, précisément à cette heure-ci ? Je n'aurais jamais dû être là, c'est un concours de circonstances qui m'a conduit sur ce parking. Moi-même je ne savais pas en me levant que je m'y rendrais.

Du revers de la main, Djibril essuie son visage.

— J'ai eu une intuition. Je sais, ça a l'air dingue et pourtant c'est la vérité. J'ai accompagné ma mère à la gare, j'ai trouvé un sac à dos abandonné sur le quai et là, j'ai su ce que je devais faire.

Marcello est encore libre d'envoyer balader Djibril, de le traiter d'affabulateur et sa mère de folle, voire de le menacer d'appeler la police s'il insiste. Et surtout, il est encore libre de remonter dans son Alfa et de le planter là en plein cagnard. Mais il a l'impression que tout ce qu'il a vécu ces derniers jours, et qui le dépasse un peu, trouve enfin son sens, là, sur ce rocher séculaire, devant ce massif du Mont-Cenis, lequel tire son nom d'un incendie de forêt, en 700 et des brouettes, qui a recouvert son sol de cendres. Renaître de ses cendres, c'est exactement la sensation qu'il éprouve.

Marcello se méprise pour ses aventures sans lendemain. Il était intrinsèquement fidèle. C'était l'annonce sans ménagement du départ prochain d'Odile qui l'avait poussé dans les bras de Selma et de quelques autres. Odile n'était donc pas complètement étrangère à l'existence de Djibril.

Lui qui se décrirait volontiers comme un paysan avec les jambes bien enracinées dans la terre est soudain assailli par une pensée irrationnelle dont il ne peut se défaire : Odile s'était tout bonnement effacée pour laisser sa place à Djibril, ce fils qu'elle lui a offert par procuration. Ce geste lui ressemble tellement. C'est comme si elle l'autorisait à nouveau à être heureux.

Ce fils doit forcément être le sien, sinon comment expliquer autrement qu'en cet instant il s'en sente si profondément le père ? Marcello ouvre grand ses bras, Djibril se jette dedans.

19

Simone jurerait que tous les grincheux de la ville se sont donné rendez-vous ce matin à la caisse centrale. Monique, qui par principe est d'accord avec Simone, propose de faire un exemple afin de calmer les autres. Simone, elle-même de mauvaise humeur depuis son coup de fil du matin, la prend au mot. Ça tombe sur un type qui se plaint d'avoir acheté un poste de radio sans fil qui ne fonctionne pas, et qui a l'air de tenir Simone pour responsable.

— Il vous est déjà arrivé de tomber en panne d'essence ?

— C'est quoi le rapport ?

— Répondez-moi, s'il vous plaît.

Agacé, l'homme finit toutefois par abdiquer.

— Oui, comme tout le monde.

— Et la raison de cette panne ?

L'homme, de plus en plus excédé, aboie presque :

— J'avais oublié de faire le plein ! Bon, ça commence à bien faire, appelez-moi un responsable.

Impavide, Simone déroule sa démonstration sous les yeux ébahis d'une bonne dizaine de clients qui n'en manquent pas une miette.

— J'imagine alors que vous vous êtes rendu dans une station-service pour engueuler un pompiste ?

— Mais qu'est-ce que vous racontez ? Je veux parler à votre supérieur !

Simone lui arrache alors la radio des mains. D'un geste précis elle déclipse le capot derrière lequel devraient se tenir quatre piles tête-bêche et dont elle suppute, par expérience, qu'elles n'y seront pas.

— Alors pourquoi, moi, vous venez me hurler dessus quand vous oubliez de mettre des piles ?!

Et, dans un geste théâtral, elle lève le poste de radio au-dessus de sa tête, afin que tout le monde constate que l'emplacement prévu à cet effet est bel et bien vide. Des « oh ! » et des « ah ! » d'indignation et d'incrédulité montent de la foule, qui prend clairement parti pour Simone contre cet être vil. L'homme reste coi. Il bafouille ce qui ressemble à des excuses, récupère son poste de radio et, sous les regards inquisiteurs, s'éclipse tête basse.

— À qui le tour ?

Les réclamations suivantes se font dans une ambiance bon enfant où l'amabilité le dispute à la compréhension. Pour autant, cela ne suffit pas à faire oublier à Simone son échec matinal, qui a noirci son humeur plus que de raison. Elle aurait tant aimé pouvoir dire à Djibril qu'elle a parlé à son père en personne et qu'elle a réussi à mettre sur pied un rendez-vous entre eux. Monique, qui la voit s'agiter dans tous les sens et se donner du mal, la met en garde contre son implication qu'elle juge excessive, voire malsaine. Simone ne veut rien savoir. Retrouver Marcello est tout autant sa quête que celle de Djibril. Dans son esprit, il est établi que du dénouement heureux de cette histoire dépendra la suite qu'elle donnera à sa relation avec Joël. Elle a encore quelques jolies années devant elle et envisage de plus en plus sérieusement de demander au boucher de les partager avec elle.

20

L'Alfa Romeo reprend sa course serpentine vers le refuge de la Vanoise. Tout à leur bonheur de leur parenté nouvelle, Marcello et Djibril, bien déterminés à rattraper le temps perdu, tentent dans un chaos enfiévré d'étancher leur soif de l'autre. Les questions fusent sans véritable lien entre elles. Les réponses, qu'on avale cul sec, comptent moins que la complicité, les sourires, les gestes d'affection et de tendresse qui les accompagnent. Mais brusquement, dans cette frénésie d'apprentissage de paternité et de filiation accéléré, Marcello, rattrapé par son statut d'adulte responsable, prononce la phrase ultime de tout père accompli :

— Il faudrait peut-être que tu appelles ta mère.

Alors qu'ils traversent au pas le dernier village avant leur destination, ils repèrent une cabine téléphonique sur une place où des gosses jouent au foot. Tandis que Djibril insère dans la fente une ribambelle de pièces jaunes et compose le numéro de sa tante, que Selma, prévoyante, a pris soin de glisser dans la poche intérieure de son blouson en jean, Marcello, ayant totalement oublié les indications d'Eugène, alpague un passant qui promène son chien. Décidément, c'est son jour de chance : ce bâtard joyeux aux poils en bataille, qui fait la fierté de son propriétaire, vient justement de ce refuge. Le monsieur âgé, à la face légèrement cramoisie par le soleil traître des derniers jours, s'étonne que le refuge soit rouvert. La propriétaire, qui était réunionnaise, a dû, quelques semaines auparavant, retourner précipitamment sur son île s'occuper de sa mère malade. C'est un de ses cousins éloignés – un Italien tatoué, a précisé le monsieur – qui est venu dispatcher les bêtes restantes et fermer le refuge. C'est comme ça que lui – « Yvon, enchanté » – s'est retrouvé affublé d'un ami à quatre pattes, Atchoum.

— Atchoum ?

— À vos souhaits. Elle marche à chaque fois.

Le vieil homme est ravi de sa blague.

— Je n'en doute pas.

Marcello lui assure qu'à sa connaissance le refuge est bel et bien ouvert. Il possède une voiture – il la pointe du doigt – pleine d'aliments pour chiens à livrer là-bas. Pas convaincu, Yvon apostrophe une femme qui sort de la droguerie :

— Charlotte, tu étais au courant que le refuge avait rouvert ?

— Par Dieu, non !

Marcello insiste : il l'est.

L'homme sceptique finit par lui indiquer un chemin vicinal juste à la sortie du bourg, sur la gauche, dont il précise qu'il n'est goudronné que dans sa partie initiale. Il estime qu'il lui faudra vingt bonnes minutes pour arriver à destination.

— Au retour, vous pouvez redescendre de l'autre côté et passer en Italie. Il suffit d'emprunter une ancienne voie qui servait au trafic migratoire après la Seconde Guerre. Tous les ritals passaient par là. Les gens d'ici l'empruntent encore pas mal, mais en 4 x 4. Vous, je ne garantis pas l'état de votre dessous de caisse à l'arrivée.

— Merci pour tous ces conseils.

— Y a pas de quoi. Mais je crains que vous ne perdiez votre temps.

— Pas grave, j'en ai plein.

— Moi, plus tellement. Je vous laisse, je vais justement négocier un petit rab. Bonne journée.

Marcello le regarde s'éloigner, et quand il le voit pénétrer dans l'église, il goûte pleinement l'ironie de sa dernière réflexion. Il y a bien longtemps que lui n'a pas mis les pieds dans la maison du Seigneur. Il se jure d'y remédier dans les jours à venir, puis il retourne dans l'Alfa attendre son fils. Dans la cabine, Djibril essaye tant bien que mal de joindre Selma. La liaison a été longue à s'établir mais maintenant il a l'inconfortable impression que sa mère n'est qu'à quelques mètres de lui et que d'un instant à l'autre elle va surgir. Comme tous les ados, Djibril se montre vite impatient de raccrocher, mais sa mère insiste pour avoir plus de détails.

— Raconte-moi comment s'est passée votre rencontre.

— Trankilou.

— Mais encore ?

— Je sais pas quoi te dire, normale, quoi !

— Qu'est-ce qu'il t'a dit quand tu lui as montré le Polaroid ?

Selma marque un temps d'hésitation, avant d'ajouter, fébrile :

— Il m'a reconnue ?

C'est donc ça ! Après tout ce temps, sa mère n'espère qu'une chose : que Marcello se souvienne d'elle. Contrairement à ce qu'elle lui a affirmé le jour de son anniversaire, elle refuse de n'avoir été qu'une fille de passage. Elle veut avoir la confirmation qu'elle a marqué sa vie comme lui a marqué la sienne. C'est humain. Qui peut le lui reprocher ? Sûrement pas Djibril. C'est donc pour obtenir cette réponse qu'elle a pris sur elle et l'a tacitement autorisé à rechercher son père. Il comprend mieux maintenant son attitude, si surprenante quand on la connaît.

— Allô ! Allô ! Mon chéri, tu m'entends ?

— Oui oui, maman.

— J'ai cru que la communication avait été coupée.

— Il n'y a aucune raison pour que tu me perdes, aucune.

Il n'a pas besoin de la voir pour savoir qu'elle sourit.

— Oui, il t'a reconnue…

Il devine un soupir de soulagement à l'autre bout du fil.

— Mais il avait oublié ton prénom.

— Bien sûr ! Moi aussi, j'avais oublié le sien, ce n'est pas grave. Et quand tu lui as dit qu'il était ton père, quelle a été sa réaction ?

— Il s'est d'abord montré un peu méfiant.

— C'est normal ! C'est une réaction saine. Et… ?

— Et… Après je crois que tout lui est revenu.

— Il prend bien la chose ?

— Carrément !

— J'en suis très heureuse pour toi, mon chéri. Tu m'appelles d'où ?

— D'une cabine, dans un village. On a fait un détour pour son travail.

— Tu vas dormir chez… lui ?

Elle hésite à dire « chez ton père », mais ne peut s'y résoudre.

— Oui, on y va après. Je rentrerai dimanche. Marcello m'a dit qu'il me droperait.

— Tu as une adresse et un numéro de téléphone à me donner au cas où ?

— Je vais lui demander.

Il hèle son père. Alerté par les grands gestes et les cris de Djibril, Marcello sort de la voiture et traverse la place écrasée de soleil.

Sans très bien savoir ce qui lui passe par la tête, Djibril propose à sa mère de lui passer Marcello.

— Mais je n'ai rien à lui dire !

— Il veut absolument te parler.

Quand son père arrive, la main en visière au niveau des sourcils, Djibril lui tend le combiné.

— Elle veut absolument te parler.

— Mais je n'ai rien à lui dire…

Bien calé sur son siège passager, Djibril n'est pas mécontent du tour qu'il vient de leur jouer. Il observe son père. Pour quelqu'un qui ne sait pas nager, il ressemble diablement à un poisson rouge dans son bocal. C'est fou le temps que ça prend, deux adultes qui n'ont rien à se dire. De retour dans l'auto, Marcello, d'excellente humeur, résume la conversation d'un simple « Tout va bien ». Et tourne la clé de contact.

21

Surplombant un portail, dont les battants offrent aux intempéries des pans entiers de tôle à vif, une pancarte, à la peinture écaillée, accueille les visiteurs en leur donnant à voir deux chiens illustrés naïvement. Au-dessus d'eux, en lettres majuscules, on peut lire : *BIENVENUE AU REFUGE DE LA VANOISE*, et en dessous : *AU BONHEUR DES CHIENS*. Un sagouin a entaché la joliesse surannée de cette enseigne en rajoutant grossièrement, à la peinture blanche, dans un coin – preuve qu'il savait ce qu'il faisait : « *N'achetez pas. Adoptez.* » Si on ne peut qu'être d'accord sur le fond, la forme, elle, est très discutable.

C'est avec cette contrariété esthétique en tête que Marcello franchit les portes. Le sens de l'humour d'Yvon n'a d'égal que son sens du timing : Marcello a mis, à la seconde près, vingt minutes pour arriver. S'il est vrai que la mémoire olfactive est la plus tenace d'entre toutes, alors il y a fort à parier que l'odeur excrémenteuse qu'épandent les chiens entassés dans les box alentour restera associée à tout jamais aux souvenirs que le père et le fils garderont de cette journée.

Après quelques mètres hors du véhicule, à la limite du haut-le-cœur, Marcello et Djibril sont tentés de faire demi-tour. Mais une bourrasque, chaude et salvatrice, éloigne momentanément l'effluve et rend l'air respirable à quiconque n'inspire pas à pleins poumons. Marcello n'est pas à proprement parler un spécialiste des chiens, mais il a participé à suffisamment de formations et de séminaires dans le cadre de son travail pour avoir de solides bases. Aussi, au milieu de tout un tas de braves toutous, pensionnaires traditionnels des refuges, note-t-il la présence, moins conventionnelle et moins inoffensive, de trois mâtins de Naples, d'un rottweiler, de deux pitbulls, de deux American Staffordshire terriers et d'un beauceron. En s'approchant un peu, il constate que ces chiens « d'attaque » présentent tous des stigmates de combats : traces de morsures et de lacérations dans le cou, sur l'abdomen ou les pattes, et des traces de sang séché un peu partout sur le corps. Un des mâtins de Naples a un œil crevé. Ou bien ils se sont battus entre eux ou, plus sûrement, ils ont participé à des combats clandestins très prisés de l'autre côté des Alpes. Marcello repense alors à l'ancienne voie dont Yvon lui a parlé, celle qui mène en Italie en quelques minutes. Il est pour le moins circonspect quant à la nature exacte de ce refuge et du rôle que M. Biaggi y joue.

Leur présence déclenche bien évidemment un concert d'aboiements et de grognements plus sûr que n'importe quelle alarme. La porte de l'Algeco, qui doit servir de bureau administratif, s'ouvre alors brutalement sur un jeune type avec un maillot de Naples et des avant-bras noirs de tatouages, qui se met à hurler : « *Leise !* » – « chut ! »

en allemand, la langue du dressage – en même temps que, d'un geste sec, il déploie une matraque télescopique qu'il fracasse sur le grillage d'un des box. La meute cesse instantanément de gueuler. « *Platz !* » ajoute-t-il avec la même rage, et tous les chiens se couchent. Nul besoin de traduction. La démonstration est aussi impressionnante qu'effrayante. Pendant une fraction de seconde, Marcello croit avoir affaire à Gino. Mais ce n'est pas lui, juste un ersatz. La même dégaine féline, le même corps musculeux et les mêmes couteaux dans les yeux. Tout chez lui exsude la violence. Les chiens ne s'y sont pas trompés. Brusquement sur ses gardes, Marcello demande à Djibril de se tenir à l'écart et s'avance seul à la rencontre de l'homme. Ce dernier a beau rétracter sa matraque, ça ne rassure pas Marcello pour autant.

— Je vous attendais plus tôt.

Il parle un excellent français avec un très léger voile d'accent italien. On peut passer à côté, mais pas quand on est italien soi-même. Il s'exprime avec une voix fluette qui contraste outrageusement avec sa physionomie. C'en est presque comique, mais l'atmosphère n'est pas à la rigolade.

— Bonjour.

Le bonjour de Marcello reste lettre morte. Il enchaîne sans se formaliser :

— M. Biaggi ne m'a pas donné d'horaire précis. J'ai profité du paysage.

Djibril s'est éloigné d'eux. Il est à genoux devant un bouledogue français, blanc, efflanqué, qu'il a repéré dès sa descente de voiture. La pauvre bête n'a que la peau sur les os et tire une langue épaisse comme un steak, en haletant bruyamment. Elle n'a pas dû manger depuis plusieurs jours et doit crever de soif. Dans son dos, Marcello et l'homme-loup, c'est ainsi que Djibril l'a surnommé dans sa tête à l'instant même où il a surgi, ont commencé à trimbaler les cartons. Djibril profite de ce qu'ils se trouvent à l'intérieur du bâtiment préfabriqué pour retourner à la voiture récupérer sa bouteille d'eau et une boîte de pâtée.

Encore deux tours et la voiture sera vide, alors ils pourront filer et laisser cet endroit derrière eux. Marcello se fait même la promesse de ne jamais y remettre les pieds. Il n'aurait jamais imaginé que livrer des aliments périmés pour chiens prendrait une telle tournure. Finalement, il n'est plus très sûr d'avoir envie de rembourser son prêt de cette façon. Le prix lui paraît prohibitif. Mais M. Biaggi lui laisse-t-il vraiment le choix ? Marcello commence à en douter.

Plus qu'un tour.

Djibril débouche sa bouteille d'eau et la verse entièrement dans la gamelle du chien. Le bouledogue la lape jusqu'à la dernière goutte puis se met à tournoyer, à faire des petits bonds, à japper comme s'il chantait. Sa pétulance retrouvée réjouit Djibril, qui rapproche la gamelle vide du grillage pour pouvoir y déverser plus facilement le contenu de la boîte. Il glisse son doigt dans la petite languette du couvercle. Marcello, qui pour s'emparer des derniers cartons a la tête et une partie du corps dans le coffre, ne voit pas Djibril plonger sa main dans la boîte et en retirer, abasourdi, un sachet rempli de poudre blanche. Il ne perçoit pas non plus l'affolement du jeune homme dans le son de sa voix :

— Marcello, c'est quoi ça ?

Ses sens toujours en alerte, condition sine qua non d'une existence hors la loi, rien n'a échappé au nervi de Biaggi. À ce moment de l'histoire, il ne fait plus aucun doute qu'il s'agit d'un homme de main, ce que confirme sur-le-champ sa promptitude à se saisir du Beretta dissimulé dans son dos, sous son maillot floqué Maradona, l'autre idole des voyous avec Al Pacino. Une boîte désoperculée dans une main et un sachet de coke dans l'autre, Djibril, à genoux, reste figé dans cette position sacrificielle tandis que l'homme-loup, le bras tendu, l'index replié sur cette virgule qui a le pouvoir de mettre un point final à tout, marche droit sur lui et pose calmement le canon de son pistolet sur son front.

— Mais pourquoi il a fallu que tu ouvres cette boîte ? Tout se passait bien. Tu ne me laisses pas le choix, maintenant !

Si, à cet instant précis, la pythie en personne lui avait prophétisé qu'il s'agissait de ses derniers mots, il lui aurait ri au nez avant de lui mettre une bastos en pleine poire.

C'est mal connaître Marcello et ses presque 100 kilos. Pareillement à un arbre brutalement déraciné par des vents sans maître, il s'abat sur l'homme sans crier gare et lui déchire les reins. Son Beretta voltige à plusieurs mètres. Ses bras font des moulinets dans l'air avec le dessein fou de se rattraper à quelques nuages égarés. Telle une chorégraphie moult fois répétée, leurs deux corps si diamétralement opposés roulent d'un même mouvement au sol. Plus prompt, l'Italien se relève le premier, son regard de prédateur tente de transpercer le nuage de poussière à la recherche de son calibre, mais il se ravise et se jette à mains nues avec une rage inhumaine sur Marcello, qui peine à se remettre sur ses deux jambes. Les chiens regardent ce combat d'hommes, en connaisseurs. Leurs aboiements sonnent comme des encouragements. La violence innée, la haine, la froideur, l'absence de conscience et surtout l'habitude et le plaisir de faire mal sont à l'évidence du côté de l'homme-loup, mais tout cela est bien peu face à un père dont on a menacé le petit. Les animaux savent cela mieux que personne et c'est pour cette raison que s'ils avaient pu parier, ils auraient misé en majorité sur Marcello, en dépit de la physionomie du combat qui se déroule sous leurs yeux – sous son œil borgne, pour ce qui est du mâtin de Naples. Jab, crochet, uppercut, cross, back hook, l'homme-loup fait étalage de toute sa panoplie de pugiliste. Une grêle de coups s'abat sur Marcello, qui se protège comme il peut. Après l'avoir boxé férocement au visage, au foie et aux côtes, l'homme-loup le renverse d'une balayette. Marcello tombe lourdement sur le dos. Le souffle coupé, totalement sonné, son cerveau ne répond plus. Seule la douleur, alliée inattendue, lui susurre qu'il est encore en vie. Il s'y accroche avec le peu de force qu'il lui reste. Tel un cavalier montant à cru, l'homme-loup s'assoit à califourchon sur sa poitrine. Avec ses jambes repliées, il lui bloque les bras et les épaules, et ses mains, semblables à un étau implacable, enserrent son cou. Tous ses muscles sont bandés et concentrés sur un même objectif : donner la mort. Il est dur et froid comme un bloc de marbre sous lequel Marcello, inhumé, n'attend plus que l'éloge funèbre du prêtre pour conclure son passage sur Terre.

— Lâche-le !!

Djibril a récupéré le Beretta et le pointe maintenant sur l'Italien, qui pense très fort : *Du calme, bambino. Ces trucs-là, ça part vite. Tu n'as pas envie d'avoir un mort sur la conscience, n'est-ce pas ?* Mais, prudent, il se tait. Djibril tremble de tout son être, si bien qu'il a du mal à maîtriser ce putain de flingue qui s'agite dans ses mains comme un jouet mécanique qu'on a remonté.

— Écarte-toi ! Ça va, papa ?

Marcello n'est pas en état de parler, il fournit un effort surhumain pour lever un pouce. Les yeux de Djibril font un mouvement à peine perceptible en sa direction, mais cela n'échappe pas à l'homme-loup qui bondit sur lui. À une vitesse folle, il lui arrache le Beretta des mains et le retourne contre lui. Pour Marcello, dans ses souvenirs lointains d'enfant, au jeu pierre-papier-ciseaux, c'est souvent la pierre qui gagnait. Celle qu'il vient d'abattre sur le crâne du Napolitain ne fait que confirmer cette statistique purement empirique. L'Italien s'effondre comme un attaquant dans la surface. Du sang s'échappe de l'arrière de sa tête et dessine un ru qui court tranquillement au milieu des cailloux et des gravillons. Déjà, des insectes s'en repaissent. L'adrénaline tient Marcello debout, mais chancelant. Ses vêtements sont aussi trempés que s'il avait essuyé une averse. Il ahane comme un vieux climatiseur. La bouche grande ouverte, il avale, à longues goulées, un air soudain si abondant et vif que sa tête se met à tourner. Retrouver le sol lui apparaît alors comme l'option la plus raisonnable.

Il s'apprête à se laisser choir quand Djibril lui intime l'ordre de reculer. Pour la deuxième fois de l'après-midi, le Beretta a échoué dans sa main : à croire qu'il s'y sent comme chez lui.

— Qu'est-ce qui te prend ? demande Marcello en se raclant la gorge.

Du bout de l'arme, Djibril désigne le paquet qui gît au sol.

— C'est quoi, ça ?

Marcello, dont le corps le met au supplice, pose un genou à terre en grimaçant afin de pouvoir ramasser le paquet.

— C'est de la drogue. De la cocaïne.

Djibril n'en a jamais vu ailleurs que dans les films mais il sait, pour en avoir regardé un certain nombre, toutes les atrocités que les hommes sont prêts à commettre en son nom.

— T'es quoi ? Une sorte de Tony Montana, c'est ça ?

Djibril reprend sa place le long du box, tremblant de la tête aux pieds. Avec la peur, toutes ses certitudes, toutes ses croyances et tous ses repères se sont envolés. Il ne sait plus ce qu'il doit faire et penser.

— Non, répond Marcello. Je te promets que non. Je n'ai rien à voir avec cette histoire, crois-moi. Je suis désolé de t'avoir embarqué là-dedans. Je n'avais aucune idée de ce qu'il y avait dans ces boîtes. Je me suis fait piéger. J'aurais dû me méfier et être plus vigilant. Personne n'efface une dette aussi facilement. Je m'en veux terriblement d'avoir été à ce point naïf.

— Tu devais de l'argent ?

— Oui. Beaucoup.

— Pourquoi ?

— Parce que j'en ai dépensé plus que je n'en avais pour essayer de sauver la vie de la seule personne qui avait de la valeur à mes yeux : ma femme Odile.

— Tu l'as aimée, ma mère ?

Même tranquillement installé sur un canapé, sans un pistolet semi-automatique pointé sur lui, la réponse à cette question ne serait pas simple pour Marcello.

— Je n'en ai pas eu le temps. Je compte bien me rattraper en t'aimant, toi. Encore faut-il que tu me fasses confiance. Je ne te mentirai pas, j'ai déjà pris des médicaments que l'on peut assimiler à de la drogue mais je n'ai jamais ni acheté ni vendu de la cocaïne. Je suis totalement étranger à ce monde. Je te le jurerais bien sur la tête de ce que j'ai de plus précieux aujourd'hui si ce n'était pas toi.

Djibril repense au portrait qu'on lui a dressé de Marcello, c'est tout sauf celui d'un sale type. Il pose le revolver sur le sol et le pousse loin de lui avec son pied. Sa main va se perdre de l'autre côté du grillage à la recherche du bouledogue, qui la lui lèche minutieusement comme s'il cherchait à effacer définitivement toute trace de l'arme qui y a séjourné. La reconnaissance du ventre est une source intarissable de complices fidèles.

Marcello se laisse tomber à ses côtés.

Les chiens accaparent toutes les taches d'ombre et un silence sentencieux s'abat sur les enclos. Marcello et Djibril, à bout de forces, s'endorment dans les bras l'un de l'autre. Vu du ciel, on pourrait croire à un charnier d'hommes et de bêtes.

Marcello se réveille comme on sort du coma, ne sachant ni où il est ni depuis combien de temps. La vision du corps de l'Italien lui remet vite les idées en place. Ses poumons fonctionnent à nouveau au bon rythme. La nature est bien faite. Il retrouve suffisamment de forces pour se lever en s'accrochant au grillage. Malgré toutes les précautions qu'il prend, il réveille Djibril.

— Ça va ?

Sa voix rauque et froide le surprend, c'est celle d'un autre. Chaque mot qui sort lui écorche la gorge. Il est brutalement pris d'une quinte de toux. Il détourne le visage et expectore un impressionnant glaviot de sang qu'il disperse immédiatement de la pointe de sa chaussure dans la poussière crayeuse. Il ne veut surtout pas inquiéter Djibril. De grandes traces violacées courent sur son cou. Il est bon pour porter un foulard pendant des semaines, lui qui en a une sainte horreur. Il faudra un peu de temps à ses cordes vocales pour retrouver leur clarté.

Djibril le rassure.

— Et toi ?

— En pleine forme.

Arracher un sourire à son fils lui fait du bien. Tout à coup, son regard est attiré par une brillance sur le sol : le Polaroid, qu'il a dû perdre au cours de l'altercation. Il le dépoussière et le rend à Djibril. Le garçon embrasse le visage de sa mère avant de faire disparaître la photo dans une des poches de son blouson.

— Tu crois qu'il est… ?

Marcello s'accroupit, et pose son oreille sur le cœur de l'homme à terre, puis se penche sur son poignet et son cou pour chercher son pouls, en vain.

— J'en ai bien peur.

En regardant le « presque Gino » sur le sol, il songe que mourir est à la portée du premier imbécile venu, et pourtant lui, Marcello, n'a pas réussi. Il y a forcément une explication à cet échec et cette explication est tout naturellement Djibril. Cette pensée l'aide à assumer ce dont il ne se serait jamais cru capable : ôter une vie. Bien sûr, il a tué un homme, mais pour la seule raison qui vaille : en sauver un autre.

Un fils qui perd son père devient un orphelin. Un homme qui perd sa femme, et il sait de quoi il parle, devient un veuf. Mais que devient un homme qui perd son fils ? Il n'existe pas de mot pour qualifier cela. Personne n'a jamais pris le temps d'en trouver un. Tout simplement parce que ça ne doit pas arriver. Ce n'est pas dans l'ordre des choses. À quoi bon nommer ce qui n'a pas lieu d'être ? Le rôle des pères est de protéger les fils, coûte que coûte.

22

Quand le téléphone tintinnabule à travers le bungalow, Maria se précipite depuis sa chambre pour décrocher, persuadée qu'il s'agit de sa mère qui vient aux nouvelles. Elle ne fait pas l'effort de masquer sa déception quand elle comprend que ce n'est pas elle.

— Papa, c'est pour toi.

Jean-Marie sort de la cuisine, interloqué. En dehors de sa fille et de la mère de sa fille, personne n'appelle jamais sur ce numéro. Il saisit le combiné avec une certaine appréhension.

— Allô ! C'est Marcello, j'ai besoin de toi. Tu peux nous rejoindre au refuge de la Vanoise ? C'est juste au-dessus de Bessans. À la sortie du village, tu prends le premier chemin à gauche.

— Nous ?

— Oui, je t'expliquerai. Viens seul, c'est important.

— J'arrive.

Jean-Marie raccroche sans chercher à en savoir plus.

— Je suis désolé, ma chérie, mais je dois m'absenter. Je reviens vite.

— Je vais aller nager en t'attendant.

Jean-Marie l'embrasse sur le front.

— Ne va pas trop loin et fais attention.

— Papa ! Je n'ai plus 5 ans.

— Pour moi, tu auras toujours 5 ans.

— Je sais. Je t'aime.

— Moi aussi, mon cœur. À tout de suite.

Si on le lui demandait, Jean-Marie serait bien incapable de dire comment il est arrivé au refuge. Il ne garde aucun souvenir du trajet. Il s'est mis en pilotage automatique, exactement comme quand il partait en mission. Les entraînements, ça servait à ça : savoir agir au plus vite, au mieux, en toute lucidité, sans être encombré par les gestes. Il trouve Marcello et un jeune homme – le nous, présume-t-il – aux pieds d'un autre. Mort, celui-là.

23

Après que Marcello lui a raconté en détail l'enchaînement des événements qui ont conduit à la situation qu'il a sous les yeux, Jean-Marie doit batailler ferme pour convaincre son ami de renoncer à son envie première, compréhensible et honorable mais totalement absurde, de se rendre à la gendarmerie. Il doit lui démontrer, point par point, qu'il a affaire à des professionnels qui n'ont rien laissé au hasard.

À commencer par le rendez-vous. Il a été fixé par téléphone, pendant le week-end, ce qui n'est pas dans les pratiques habituelles de l'entreprise, par une voix qui lui était inconnue. Coup de fil dont on peut supputer qu'il a été passé d'une cabine téléphonique et non du secrétariat de M. Biaggi. Ensuite, le rendez-vous lui-même. Marcello n'a croisé personne de sa connaissance. Aucun témoin ne peut confirmer qu'on lui a remis des boîtes et qu'on lui a officiellement demandé de les livrer au refuge de la Vanoise. Mais ce n'est pas tout. Il n'est même pas sûr que le M. Biaggi qu'il a rencontré est bien le vrai M. Biaggi. Il ne l'a jamais vu en photo auparavant, il ne sait pas à quoi il ressemble. Jean-Marie est formel : rien ne relie les nouveaux propriétaires de son entreprise à ce trafic.

— Si l'on s'en tient aux faits, le seul et unique coupable, c'est toi. D'ailleurs, ils ne t'ont pas choisi au hasard. Ils ont vu en toi la mule idéale : un homme abruti par le chagrin et acculé par les dettes. En cas de problème, il leur suffisait de t'éliminer et de faire passer ça pour un suicide. Le terreau était plus que favorable. Ça n'aurait étonné personne. L'enquête aurait été vite bouclée. J'aurais été le premier à croire mordicus à cette version.

Marcello lui lance un regard noir que Jean-Marie ignore volontairement. Djibril enregistre tout.

— Ils ont dû mettre la main sur plusieurs refuges comme celui-ci le long de la frontière, et ils comptaient sur toi et sûrement sur d'autres gus dans ton genre pour les approvisionner. Faire passer ces livraisons pour une bonne action, c'est vraiment un coup de maître. Sois honnête, je suis sûr que c'est le détail qui a achevé de te convaincre ?

— Je ne dis pas le contraire.

— Ils t'ont bien cerné. Ils ont anticipé que juste effacer ton ardoise ne serait pas un argument suffisant pour t'embarquer. Ce sont de sacrés pros ! Non, vraiment, leur plan était parfait.

Jean-Marie s'arrête enfin de parler et se tourne vers Djibril, le petit grain de sable qui a grippé la belle machine. Deux décennies d'opérations militaires à travers le monde ont acéré ses qualités d'analyse et de réflexion.

— La seule raison valable de tuer cet homme, c'est de s'emparer de la cargaison de drogue, il y en a pour plusieurs millions. Donc si on la laisse sur place, il n'y a plus de mobile. Ça t'écarte d'emblée des suspects. Tu as déposé les boîtes comme on te l'a demandé. L'Italien était toujours vivant quand tu es parti. Tu ne comprends vraiment pas. Et, évidemment, tu étais seul. Au village, personne ne t'a vu avec Djibril ?

— Non, je ne crois pas.

— Il faut que tu sois sûr.

— Difficile de l'être. Les gamins qui jouaient au foot nous ont peut-être vus ensemble. Yvon, je suis sûr que non, et Charlotte non plus.

— Yvon et Charlotte ?

— Des gens avec lesquels j'ai discuté.

— S'ils ont la cargaison, cette perte ne devrait pas être un drame. Sauf si, par malheur, c'est le fils, le frère ou le je-ne-sais-quoi du grand patron.

Si ce n'est pas un meurtre, c'est forcément un accident. Il faut donc le mettre en scène sans plus tarder. Dans leur malheur, ils ont la chance que Marcello ne lui ait pas tiré dessus, mais l'ait simplement frappé avec une pierre. L'homme peut avoir trébuché et être tombé dessus. Une balle serait plus délicate à justifier.

— Vous avez entendu ?

Jean-Marie s'approche de l'Algeco. Une sonnerie de téléphone se fait insistante. Le temps presse. L'Italien aurait déjà dû appeler pour confirmer la bonne réception de la marchandise. À l'autre bout du fil, on s'impatiente. On s'inquiète, même. Forcément, des gens sont en route pour venir voir ce qui se passe. Des gens que Marcello et Jean-Marie n'ont pas du tout envie de croiser.

Les chiens sont de nouveau agités. Leurs crocs luisent sous le soleil. Jean-Marie esquisse un sourire. Les cabots viennent de lui souffler une idée. Lui aussi, ses dents luisent sous le soleil.

Armé de la matraque télescopique, Marcello entre dans le box que partagent le beauceron et un des mâtins de Naples. Il les fait reculer tandis que Jean-Marie traîne à l'intérieur le cadavre qu'il a agrippé sous les aisselles. Il installe la pierre et tout un tas de gravillons et de cailloux souillés de sang sous le crâne de l'homme-loup. Jean-Marie peaufine sa mise en scène, attentif aux moindres détails. Il agence chaque gravillon, chaque caillou au millimètre. Il sait que de ce réalisme dépend leur survie.

— Dépêche-toi ! Je ne vais pas pouvoir les tenir longtemps.

Jean-Marie demande à Djibril de lui ramener la cocaïne. À son retour, il lui tend ses clés de voiture et lui ordonne gentiment d'aller l'attendre à l'intérieur. Djibril obtempère sans sourciller. Jean-Marie plonge les doigts dans le sachet, puis les frotte vigoureusement sur les gencives de l'homme-loup, avant de déposer un peu de poudre sous son nez.

— Maintenant !

Marcello doit prendre sur lui pour infliger aux deux bêtes plusieurs coups d'une extrême violence. Il les frappe au sang en leur demandant pardon. Puis il sort à son tour. Jean-Marie referme la porte derrière lui. Dans la voiture, la radio à fond, Djibril regarde le Polaroid. Il veut plus que tout retrouver les bras de sa mère. Folles de douleur, les bêtes féroces se précipitent sur l'Italien qu'elles commencent à déchiqueter, mais après un moment de frénésie leur ardeur périclite rapidement et elles se détournent du corps, au grand dam de Jean-Marie. Cependant, avec leurs grondements continus, les autres chiens semblent vouloir aussi leur part. Alors, à l'aide du bâton de capture que manie Marcello et du Beretta que Jean-Marie pointe sur les chiens au cas où, les deux hommes réussissent à introduire les deux pitbulls dans le box. Leurs efforts sont récompensés. En quelques minutes, le corps est méconnaissable.

Sans perdre de temps, Jean-Marie et Marcello nettoient avec une application de caméristes la vraie scène du drame et transbahutent les derniers cartons. Dans le fond de l'Algeco, un plateau sur deux tréteaux fait office de bureau. Jean-Marie y dépose la boîte ouverte, le couvercle et la cocaïne. Un blouson Tacchini pend au dossier de la chaise. Il y trouve le portefeuille de l'Italien et en sort sa carte bleue, avec laquelle il fait trois lignes de coke. Il s'empare d'un Bic noir qui traîne dans un pot, l'évide de sa réserve d'encre et s'en sert comme d'une paille pour aspirer entièrement une ligne et la moitié d'une autre, en faisant attention qu'on en devine toujours les traces sur le dessus du bureau. Il ouvre l'unique fenêtre et recrache ce qu'il vient d'aspirer dans un buisson.

— Ne me regarde pas comme ça ! Il faut bien justifier cette boîte ouverte. Ou bien c'est son job de vérifier la qualité de la marchandise, ou bien ce crétin n'a pas pu résister. Il était en train de sniffer des lignes quand les chiens se sont lancés dans un raffut de tous les diables, ça l'a rendu fou et il s'est mis en tête de les faire taire. Il est entré dans le box, gonflé à bloc par la coke, et il est arrivé ce qui est arrivé. Ça tient debout, non ?

Marcello se félicite d'avoir appelé Jean-Marie à la rescousse. Celui-ci renverse la chaise pour bien traduire la tension dans laquelle devait se trouver l'Italien quand il s'est brusquement levé. Puis, avec ce qu'il découvre dans la boîte de secours accrochée au mur, il redonne au visage de Marcello une apparence à peu près humaine. Tout est en ordre. Ne restent plus qu'un ou deux détails à parfaire.

De retour au box, Jean-Marie tire plusieurs coups de Beretta en direction des chiens, comme si l'Italien avait essayé de se défendre avant de succomber à leurs assauts. Une de ses balles touche le flanc d'un des pitbulls, qui s'écroule. L'autre pitbull se précipite pour lécher la plaie. Marcello est sous le choc.

— Tu n'étais pas obligé.

— Si ! lui rétorque fermement Jean-Marie. Un type tel que lui ne peut pas rater tous ses tirs.

Toujours ce fameux réalisme auquel il s'accroche comme à une bouée de sauvetage. Puis il jette l'arme par-dessus le grillage. Marcello en fait autant avec la matraque.

— Maintenant, on peut y aller.

Ils conviennent que Marcello traversera le village en premier. Si les enfants sont encore en train de jouer au foot, il donnera un petit coup de klaxon pour attirer leur attention. Il n'aura qu'à les encourager par la vitre ouverte. L'important est qu'ils puissent, si par hasard on les interroge, dire que Marcello était seul, souriant et tranquille en revenant du refuge. Jean-Marie et Djibril le suivront de quelques minutes.

Le soleil cogne fort et les mômes sont rentrés chez eux. La place est déserte. Marcello roule au pas. Soudain, sur le trottoir de l'autre côté de la route, il aperçoit un homme de dos qui attend devant une porte. Il accélère. En arrivant à sa hauteur, il est surpris et soulagé de découvrir qu'il s'agit d'Yvon. Sans son chien. Il ne peut rêver meilleur alibi.

— J'avais raison, c'était ouvert.

Yvon sursaute, il n'a pas entendu la voiture approcher.

— Ah, c'est vous ! Tant mieux. Mais qu'est-il arrivé à votre visage ?

— Une fois là-haut, j'ai voulu profiter de la vue, je suis allé crapahuter un peu et mon embonpoint m'a rappelé que je n'avais rien d'un cabri. Et vous, votre négociation s'est bien passée ?

— Pardon ?

— Quand je vous ai quitté tout à l'heure, vous alliez voir le Grand Patron pour qu'il vous accorde un peu de rab de temps.

Yvon sourit.

— Ce fut âpre, mais mes arguments ont porté leurs fruits, je crois.

— Vous m'en voyez ravi. Bonne fin de journée.

— Soyez prudent, les routes sont traîtresses dans le coin.

— Merci.

Au moment où il s'apprête à redémarrer, la porte s'ouvre et Marcello croit reconnaître Charlotte. Sacré Yvon ! Quant à Jean-Marie et Djibril, ils traversent Bessans sans croiser âme qui vive.

24

Djibril, les yeux dans le vague, tient toujours le Polaroid devant lui. Il n'a pas desserré les dents depuis qu'ils ont quitté le refuge. Il jurerait qu'une semaine s'est écoulée depuis qu'il a pris place à bord de l'Alfa de Marcello. Sa vie d'avant lui paraît loin. Il doute de pouvoir la retrouver un jour.

Jean-Marie le zyeute discrètement. La perfection de son profil le fascine. Sa fragilité, ses doutes et surtout sa douceur s'y étalent sans aucune pudeur. Il a beau s'efforcer de lui trouver la plus petite ressemblance avec Marcello, il n'y parvient pas. S'il en croit le Pola, le garçon tient surtout de sa mère.

— Tu me racontes pour Marcello ?

Djibril se tourne vers lui et l'observe un long moment sans bouger, sans rien dire. Il arrive presque à le mettre mal à l'aise. Le jeune homme doit le sentir parce qu'il reprend sa position face au pare-brise. Le silence perdure. Puis il remue les lèvres sans qu'aucun son en sorte, comme s'il répétait silencieusement les mots à venir. Ex abrupto, il se met à parler sans discontinuer pendant tout le reste du trajet. Une phrase en entraîne une autre, il n'omet aucun détail. Parler le libère. Les mots distordent les images qui se sont logées dans sa tête. Jean-Marie réalise que son histoire pourrait être celle de Maria si Livia lui avait caché sa naissance. Quelle bénédiction d'être tombé sur cette femme !

Djibril raconte son histoire comme il raconte à sa mère les films qu'il a vus la veille. Pourtant, là, il est l'acteur principal et ce n'est pas une fiction, mais la réalité. Aucun scénariste ne va réécrire la scène du refuge. Il lui faudra vivre avec le restant de ses jours.

— À cause de moi, mon père a tué un homme.

Jean-Marie, qui jusqu'à présent n'a fait qu'écouter sagement, le reprend aussitôt.

— Non. Pour toi !

Il a haussé la voix bien plus qu'il ne l'aurait voulu. Son ton se radoucit immédiatement :

— C'est pour toi que ton père a tué un homme. Ça n'a rien à voir. C'est de l'amour. Du pur amour. C'est même la preuve ultime de l'amour. En plus, il a débarrassé la terre d'un salaud, ne l'oublie pas. Un type qui allait te tuer de sang-froid et qui en aurait fait de même avec Marcello la seconde d'après. Ça s'appelle de la légitime défense. Ton père est un héros. Un putain de héros. Et crois-moi, je m'y connais, j'en ai côtoyé quelques-uns.

Une scie traverse la tête de Djibril juste au-dessus de ses oreilles. Les mots de Jean-Marie ne la stoppent pas, ils échouent même à la freiner, mais ils en atténuent l'horrible bruit qui le rendait fou.

— Promets-moi une chose, ajoute Jean-Marie. Ne parle jamais à quiconque de ce qui s'est passé au refuge.

Jamais. Il en va de ta vie, de celle de ton père, et accessoirement de la mienne.

Djibril promet. Dans ses yeux, Jean-Marie lit que ce ne sont pas des mots en l'air. Ce n'est peut-être encore qu'un gosse, mais il a clairement conscience de la gravité de la situation.

25

Maria enfile un maillot une pièce blanc qui épouse joliment ses formes. C'est le plus sage de tous ceux qu'elle a glissés dans sa valise. Son père ne devrait rien trouver à redire. Pour les autres, ça serait une autre histoire. Il fait divinement ressortir son bronzage cuivré, un tantinet provocateur pour la saison. Mars et les premiers jours d'avril ont été magnifiques à Catane. Avec ses amies, elle a passé son temps libre à la plage, à jouer au volley-ball, à lire et à discuter des garçons, jusqu'à ce que le ciel s'embrase.

L'eau du lac lui apparaît bien fraîche au regard de la tiédeur habituelle de la mer Ionienne, mais, en entrant dedans, elle a l'incroyable sensation d'enfiler un kimono de soie. Elle repense alors à celui que sa meilleure amie Giulia avait acheté pour sa « première » avec Matteo. Elles se sont tellement gondolées de cette vision *telenovela* de l'érotisme que Giulia a eu des maux de ventre et fini par vomir. Le kimono est retourné se pendre sur le cintre de la boutique et Matteo n'a jamais su à côté de quoi il était passé. Maria, elle, ne se sent pas encore prête. Elle n'a même jamais encore été réellement amoureuse. Elle a le temps.

Après quelques mètres, la température lui semble parfaite. Elle nage jusqu'à la plateforme, emprunte l'échelle et s'allonge, bien décidée à mordorer encore un peu ce corps dans lequel elle s'est réveillée un beau matin et dont elle a depuis l'impression qu'elle l'a emprunté à une autre. Elle en prend soin comme d'un petit animal dont on lui aurait confié la garde. Elle fait tomber les bretelles de ses épaules et roule le haut de son maillot jusqu'à sa taille. Il est hors de question que ses seins restent blancs. Elle trouve cela obscène. Elle se laisse gagner par une douce somnolence. Elle n'a pas beaucoup dormi la veille, excitée à l'idée de revoir son père et de prendre l'avion seule comme une grande pour la première fois. Mais le soleil est bien plus redoutable qu'elle ne l'a imaginé. Sans crème solaire, sans eau et sans parasol, elle redoute une insolation et préfère rejoindre le rivage. En quelques brasses, elle reprend pied sur la terre ferme. Elle retourne au bungalow, se change et entreprend de préparer le dîner pour faire une surprise à son père. Des pâtes. Elle ne sait rien faire d'autre. Mais elle se targue de très bien les faire.

26

Marcello est encore assis dans sa voiture quand Jean-Marie cale la sienne juste à côté. En apercevant Djibril, il trouve la force qui lui manquait pour en descendre. Il se déplace comme un vieillard.

— Jamais je n'aurais imaginé tuer un jour un autre être humain.

— Dis-toi qu'il n'avait d'humain que l'apparence. Ces mecs-là tuent comme ils respirent : ce sont des bêtes sauvages. Il aurait pris son pied à vous dépecer et à vous donner à bouffer aux clébards. Pardon pour la lapalissade, mais maintenant ton fils sait, sans l'ombre d'un doute, qu'il te doit la vie.

Entendant qu'on parle de lui, Djibril se joint à eux. Marcello lui offre un lent sourire.

— Je ne sais pas, Jean-Marie, si un jour je pourrai te remercier pour tout ce que tu as fait pour moi. Pour nous.

— En me laissant être ton ami, c'est moi qui ai contracté une dette envers toi.

Conscient que les mots les plus beaux sont ceux qu'on tait, Marcello, Djibril et Jean-Marie se contentent de s'étreindre.

Maria surprend ce drôle de trio par la fenêtre de la cuisine. Décidément, les hommes adorent ce genre d'effusions, il n'y a qu'à voir les footballeurs après un but. Il ne fait aucun doute que l'homme au visage tuméfié qui serre son père dans ses bras est Marcello. Il lui en a longuement parlé avec des mots suffisamment choisis pour qu'elle décèle, entre eux, une profonde amitié naissante. En revanche, elle se demande qui peut bien être ce garçon *di immensa bellezza*. Son père s'est bien gardé de le mentionner. Il crachera le morceau, même si elle doit le torturer.

27

Le temps d'aller lui chercher des draps et des taies d'oreiller propres dans le placard à l'autre bout du couloir, Djibril s'est endormi sur l'alèse, en position fœtale. Une grâce enfantine émane de lui. Marcello l'embrasse délicatement sur le front. Puis, appuyé contre le chambranle de la porte, il reste de longues minutes à le regarder. Cette chambre devait abriter l'enfant que portait Odile, la femme de sa vie, et aujourd'hui, comme un pied de nez au destin, elle accueille le fils qu'il a eu avec une parfaite inconnue, et dont la veille encore il ignorait l'existence.

Odile a appris en faisant une fausse couche qu'elle avait un cancer, et lui est devenu à quelques heures d'intervalle père et meurtrier, à croire que l'un et l'autre ont été frappés d'une même malédiction : *sème la vie et tu récolteras la mort*. Marcello repousse cette pensée macabre sans réussir totalement à la chasser de son esprit, et file tout droit à la salle de bains. Il pue la peur et cette odeur est en train d'imprégner tout le bungalow. Il réalise pour la première fois que *puer* et *peur* sont des anagrammes, sûrement pas un hasard. S'il est capable d'une telle réflexion, c'est qu'a priori son cerveau n'a pas été trop endommagé, ce qui le rassure. Quand l'eau de la douche entre en contact avec son corps, il croit prendre feu. Dans ses veines, son sang se met à bouillir et il n'a plus qu'une pensée : que son squelette tombe en cendres au plus vite et disparaisse, avalé par la bonde, dans les profondeurs des égouts. Par réflexe, il se mord la main afin de réprimer un hurlement qui aurait glacé tout le camping. Son affrontement avec l'Italien a assurément causé des dégâts internes, mais il a aussi, en utilisant une incroyable palette de couleurs allant du bleu céleste au violet en passant par le jaune, le rose et le lilas foncé, imprimé sur sa peau un impressionnant coucher de soleil. La douleur et la beauté se disputent le champ de ruines de son corps. Il lui faut quelques verres de cognac pour enfin bâillonner sa souffrance et lui accorder un peu de répit. Fort des quelques rudiments d'alpinisme qu'Odile lui a enseignés, il réussit à se hisser dans son lit. Mais, dissimulé derrière ses paupières, l'attend un homme avec une tête de chien, qui récite un poème avec un imperceptible accent italien : *Il est terrible le petit bruit du crâne dur cassé par la pierre / Il est terrible ce bruit quand il remue dans la mémoire de l'homme qui tenait la pierre / Il est terrible le petit bruit du crâne dur…*

Le tumulte de ses pensées le jette dehors au beau milieu de la nuit. Après avoir avalé un café, Marcello emprunte le sentier qui longe le lac en direction du village qui se trouve à un peu plus de 3 kilomètres. Et qu'importe que chaque pas le torture. Il enjambe, en serrant les dents, des géants de bois tombés dans des combats iniques. La lune blonde éclaire le chemin comme une ribambelle de réverbères. Sur le trajet, il cueille des fleurs sauvages dont il ignore le nom. Il se maudit de ses lacunes et se promet d'acheter un ouvrage sur la flore et la faune de la région pour apprendre par cœur le nom de toutes les espèces. Cela devrait être obligatoire pour avoir le droit de vivre parmi elles : la beauté a un prix. Le cimetière se situe à la sortie du village. Il est ceint d'une majestueuse rangée d'ifs. S'il tient sa promesse, Marcello apprendra que leur feuillage toujours vert et leur incroyable longévité symbolisent pour les spiritualistes l'immortalité de l'âme. Mais si jadis on les plantait dans les cimetières, c'était surtout parce que l'on croyait que leurs feuilles avaient la propriété d'absorber les miasmes nocifs qui s'exhalaient des cadavres en décomposition. Ce qui, au passage, est complètement faux. Mais qui s'en soucie aujourd'hui ? « Mon Dieu, que ces arbres sont beaux ! » s'exclament ceux qui ont le bonheur d'entrer dans ce cimetière et celui encore plus grand d'en sortir. Et cela suffit à justifier la présence des ifs au fil des siècles. *Avec des si…*

La grille est fermée par une chaîne cadenassée dont il a depuis longtemps le double des clés. Ce n'est pas, loin de là, sa première intrusion. Il entrouvre un pan du portail suffisamment pour se couler à l'intérieur, en faisant bien attention à ne pas le faire grincer. Il ne veut pas effrayer ceux qui dorment là. Il referme derrière lui et navigue entre les tombes avec la même assurance qu'un vieux garçon de café entre les tables d'un établissement parisien. Ses beaux-parents reposent à côté de sa femme. Il les salue poliment et s'allonge sur la tombe d'Odile, les yeux tournés vers le ciel. La pierre est encore tiède des morsures du soleil de l'après-midi. L'air est étouffant. La température n'a pas jugé judicieux de tomber avec la nuit.

— Ça fait un petit moment qu'on n'a pas eu une conversation, toi et moi. Je ne sais pas très bien par où commencer. J'ai rencontré un drôle d'auto-stoppeur. Un jeune garçon à la recherche de son père. Il n'avait que le récit de sa mère et un pauvre Polaroid pour le retrouver. Tu ne devineras jamais qui figure dessus : moi ! Mais j'ai comme l'impression que ça ne te surprend pas. Il s'appelle Djibril. Il est beau comme un astre, intelligent et a beaucoup d'humour. J'ai conscience qu'il n'y a rien dans cette phrase qui t'incite à penser qu'il est de moi. Et pourtant... Tu peux dire ce que tu veux, mon amour, mais je n'ai pas réussi à te sauver. Je ne voulais pas revivre ça une deuxième fois. Alors j'ai fait ce que j'avais à faire pour lui garder la vie sauve.

L'employé de mairie chargé de l'entretien du cimetière le réveille au petit matin. Il lui propose gentiment de mettre son bouquet d'asters des Alpes dans un vase en porcelaine ébréché qu'il a récupéré aux abords d'un caveau depuis longtemps délaissé. Marcello le remercie, et pour le vase et pour le nom des fleurs. *Aster* comme Fred, songe-t-il ; Odile adorait les vieux films avec Fred Astaire et Ginger Rogers. Elle avait maintes fois parlé de prendre des cours de claquettes. Pourquoi ne l'ont-ils pas fait ? Marcello glisse un billet dans la poche du paletot bleu de l'employé de mairie. Il s'offre le vase et son silence. Pour la forme, l'homme proteste, mais ses yeux expriment sa gratitude. Le soleil amorce son ascension. Bientôt les ifs seront en feu.

Soulagé du poids de ses aveux à Odile, Marcello presse le pas, conforté dans sa décision de ne pas finir en boîte malgré la magnificence des lieux et la présence de son épouse. Il souhaite arriver au bungalow avant que Djibril ne se réveille. Qu'est-ce qu'un garçon de son âge peut bien manger au petit déjeuner ? Il fait un détour par la boulangerie, dont le rideau de fer achève de s'enrouler sur lui-même, et, dans le doute, prend un copieux assortiment de viennoiseries tout juste sorties du four.

Quand enfin il arrive au bungalow, le *petit bout d'Amérique* bruit de la vie qui éclot. En suspension au-dessus du lac, une brume pourpre diffuse semble se mirer dans ses eaux qui, avant peu, se couvriront d'or. Djibril dort toujours profondément. On frappe à la porte. *Room service.* Maria et Jean-Marie se tiennent sur le seuil, avec une Thermos de café bien chaud.

Installés sur des bancs face au lac, de chaque côté d'une table en bois scarifiée par des étés africains et des hivers mordants, ils conversent en prenant leur petit déjeuner, sous la haute autorité d'un cortège d'oiseaux à l'affût de la moindre miette. Maria ne tarit pas d'éloges sur le bungalow de Marcello qui, modestement, en attribue tous les mérites à Odile. De son côté, il l'interroge longuement sur Catane et la Sicile. Bien qu'il n'y ait jamais mis les pieds, cette île le fascine. Les noms de ces villes, Palerme, Syracuse, Messine, l'invitent au voyage et à la rêverie. Mieux, à la dérive. Maria en parle divinement, mais sans chauvinisme aucun. Si elle en loue la grandeur, elle n'oublie pas d'en dresser les défauts. Et ils sont nombreux. Mais pour rien au monde elle n'aimerait vivre ailleurs. Blotti dans son silence, Jean-Marie savoure l'échange entre sa fille et son ami. Bien élevé, Djibril attend un blanc dans la conversation pour se signaler d'un discret raclement de gorge. Marcello bondit aussitôt de sa chaise, avec la maladresse d'un albatros, pour aller l'embrasser avant de faire les présentations.

— Maria, la fille de Jean-Marie. Djibril, mon fils.

Avec ses cheveux pareils à un buisson sauvage, ses yeux encore bordés de sommeil, dans son tee-shirt bleu clair et son short en jean délavé, on dirait qu'un fragment de ciel, limpide et lumineux, s'est détaché, emportant dans sa chute un ange qui passait par là. Le cœur de Maria et celui de Djibril cessent de battre en même temps. À la manière des pilotes de chasse larguant des leurres pour tromper l'ennemi, les deux adolescents ont, dans une complicité muette, laissé échapper du bout de leurs lèvres, brûlantes de désir, de très timides « Bonjour ». Leurs enfants sont l'épicentre d'un séisme d'une rare magnitude mais Marcello et Jean-Marie, eux, ravis, magnifiques dans la quiétude de ce matin neuf, se gavent de croissants dans un aveuglement délicieusement caféiné. Des papillons dans le ventre, Djibril émiette à peine son pain au chocolat. Depuis vingt-quatre heures qu'il fréquente son père, il a vécu plus d'émotions fortes qu'en dix-sept ans passés avec sa mère. Ce n'est pas un jugement, juste une constatation. Hier, pour la première fois de sa tendre existence, il a tutoyé la violence et touché du doigt la mort. Et aujourd'hui, l'envie de bâiller encore au fond des yeux, il est balayé par le souffle chaud de l'amour. Doit-il désirer ou craindre les jours à venir ?

Alors que son estomac charrie des blocs de pierre, Maria, elle, s'interroge : le lac contient-il une quantité d'eau suffisante pour réhydrater sa bouche totalement desséchée ? Elle en doute. Sans s'en rendre compte, elle vient de picorer nerveusement tous les raisins secs des viennoiseries disposées dans la corbeille. Surpris par son manque de savoir-vivre, son père lui en fait un peu sèchement la remarque. Elle rougit et bredouille de plates excuses. Djibril sourit sous cape et Marcello fait redescendre la température, en affirmant que de toute façon ce n'est pas grave puisque les trois étaient pour elle. En revanche, il l'invite à ne pas dépouiller les deux tranches de cake de leurs fruits confits, qu'il compte bien tortorer dès qu'il aura fini la brioche au sucre à laquelle il vient tout juste de s'attaquer. Seuls les pouillots siffleurs et les rousserolles turdoïdes ne rient pas, eux qui viennent de comprendre qu'ils peuvent faire une croix sur leur festin. Un bruit au loin les a effrayés, ils se sont envolés. Marcello réalise que c'est simplement la sonnerie du téléphone et non un coup de fusil. Après un regard à Jean-Marie, il se lève pour aller répondre. D'instinct, Jean-Marie le suit. C'est M. Biaggi. Marcello aurait préféré que ce fût un coup de fusil. Il fait signe à Jean-Marie de prendre l'écouteur. M. Biaggi tient à remercier Marcello personnellement pour la livraison et à s'excuser de nouveau d'avoir empiété sur ses vacances. Avec la décontraction et l'aplomb de celui qui a parachevé son travail, Marcello le remercie et insiste sur le plaisir qu'il a eu à faire la route dans un paysage d'une telle beauté. Il n'a nullement eu le sentiment de perdre une journée de repos. Bien au contraire. M. Biaggi est ravi et lui souhaite de bonnes vacances.

— Finalement, vous n'avez pas bougé ?

Marcello se remémore leur dernière conversation, et répond sagement :

— Je pars demain.

M. Biaggi conclut l'échange d'un « À très vite ! » qui lui glace les sangs. Il fait, à l'évidence, allusion à la prochaine livraison.

Comment Marcello va-t-il pouvoir se dépatouiller ? Il ne peut pas continuer ainsi et fermer les yeux. Mais, après ce qui est arrivé, il ne peut pas non plus arrêter comme ça, il éveillerait les soupçons. Ils vont devoir faire preuve d'imagination, avec Jean-Marie. En tout cas, le scénario qu'ils ont échafaudé semble avoir parfaitement joué sa partition. Ils mettraient leurs mains à couper que, dans l'esprit de M. Biaggi, ils sont hors du coup. Ils peuvent souffler. Les jambes de Marcello se dérobent brusquement sous lui. Et il ne doit qu'aux réflexes incroyables de Jean-Marie, qui l'a rattrapé à la volée, de ne pas s'étaler de tout son long. Ils rient de soulagement et dans l'euphorie de cette nouvelle, les deux hommes décident de faire un barbecue pour le déjeuner. Un arrêté en interdisant l'utilisation risque de tomber à tout moment si le soleil continue à montrer ses muscles comme il le fait depuis plusieurs jours. Barbecue et sécheresse ne font pas bon ménage dans cette contrée forestière. Alors autant en profiter avant qu'il ne soit trop tard.

Maria, qui a tiré parti du coup de fil pour reprendre et ses couleurs et ses esprits, applaudit l'initiative, accompagnée bruyamment par Djibril. Les tâches sont rapidement réparties. À Maria et Djibril, les courses ; à Jean-Marie et Marcello, le coupage du bois et l'allumage du barbecue. Échoira ensuite à Marcello la responsabilité de la cuisson. La matinée file. Le déjeuner est joyeux. La viande est rosée et le vin aussi. Les adultes optent pour la formule entrée/plat/dessert/vin à volonté et sieste. Les jeunes, enfin débarrassés des vieux, en profitent pour faire connaissance. Maria esquisse, à grands traits grossiers, sa vie sicilienne, pressée qu'elle est d'entendre Djibril. Celui-ci prend son temps, conscient de la force de son histoire et de son indéniable pouvoir de fascination sur Maria. Quand il lui tend le Polaroid, point de départ de toute cette aventure, elle dit simplement :

— C'est fou comme tu lui ressembles.

Puis elle se penche vers lui et dépose un baiser sucré sur ses lèvres. Djibril l'enlace. Ils prennent feu.

Heureusement, aucun préfet n'a le pouvoir d'interdire les baisers.

28

Il bazarde le téléphone contre un des murs en tôle. Il se disloque dans un assourdissant fracas métallique. Des bouts de Bakélite se répandent un peu partout sur le sol en béton du préfabriqué. M. Biaggi, dont même les ennemis vantent le sang-froid en toutes circonstances, se laisse aller, chose rarissime, à ses pulsions destructrices. Il y est sujet depuis l'adolescence. Il a appris à les dompter mais celle-ci l'a pris de court. C'est toujours moins salissant que d'éclater la tête de ce représentant de commerce avec une batte de base-ball. Même si évidemment l'un n'empêche pas l'autre.

Ce type le prend vraiment pour un idiot. Être à moitié français lui suffit pour se croire supérieur. Non seulement il pense pouvoir lui dérober une douzaine de boîtes, soit presque 5 kilos de cocaïne, sans qu'il s'en aperçoive, mais en plus il a éliminé un de ses hommes et maquillé son crime en accident. Même s'il doit avouer qu'il a été impressionné par le mal que ce type s'est donné. Il aimerait voir ses hommes faire preuve d'autant de créativité et d'initiative. D'ailleurs, difficile de croire qu'il ait pu faire ça tout seul. Il a sûrement bénéficié de l'aide d'un complice. Décidément, M. Biaggi a sous-estimé ce Marcello. Cependant, malheureusement pour lui, le pauvre gosse de 20 ans qu'il a tué était atteint d'une déficience cardiaque congénitale. La moindre prise de drogue aurait immédiatement provoqué chez lui un arrêt du cœur. Alors impossible d'imaginer qu'il ait subitement décidé de sniffer trois lignes de coke. Marcello ne pouvait pas non plus savoir que le gamin avait une peur bleue des chiens et qu'il ne serait jamais entré, de son propre chef, dans un box, même armé jusqu'aux dents. Les professionnels savent combien il est difficile de mettre sur pied des plans qui se déroulent sans accroc. Alors des amateurs…

M. Biaggi prend le temps de soigner sa mise avant de sortir de l'Algeco. Il déteste être dépenaillé. Ça lui donnerait le sentiment d'être faible et il ne peut pas se le permettre. Dans sa branche, on ne respecte que la force et l'autorité. Ses faiblesses, il faut les masquer, les enterrer profondément. Il ne manque jamais une occasion de le rappeler à ses hommes et, justement, en voilà une qui se présente.

Dehors, agenouillés dans la poussière devant la dépouille méconnaissable de leur jeune frère, Gino et Paolo chouinent comme des gosses. Ces pleurnicheries ne sont évidemment pas du goût de M. Biaggi. Il se positionne juste derrière eux, collé à leur dos, comme s'il allait les exécuter d'une balle dans la nuque. Les deux frères ne mouftent pas. Ils savent que, quoi qu'ils fassent, M. Biaggi peut mal réagir. Ils doivent l'écouter. Juste l'écouter.

— Dites-vous que vous êtes les chatons d'une portée dont un des frères a été tué. Mais que vous avez la chance de pouvoir vous métamorphoser en tigres et de le venger. Alors faites-moi disparaître ce corps, nettoyez-moi cet endroit et butez-moi au plus vite ce Preziosi. Et, par pitié, tenez-vous droits et arrêtez vos jérémiades, ou je vous noie.

Puis il sort une arme de sous sa veste et abat le pitbull blessé par Jean-Marie qui agonise depuis la veille.

— Vous n'avez vraiment aucun cœur, laisser cette pauvre bête souffrir sous vos yeux sans rien faire... Vous me dégoûtez.

Il rejoint sa voiture. À son passage, un bouledogue français lui jappe dessus. Du bout de sa chaussure, il shoote dans une bouteille d'eau vide qui traîne. Elle va s'écraser sur le grillage à quelques centimètres du museau du chien. L'animal maigrichon bat en retraite. M. Biaggi démarre sur les chapeaux de roues, laissant les deux motos de Gino et Paolo recouvertes de poussière. Cent mètres plus loin, ses feux stop s'allument et il amorce une marche arrière.

29

À leur réveil, Marcello et Jean-Marie trouvent Maria et Djibril tranquillement installés sur des chaises chiliennes au bord du lac. Deuxième largage de leurres.

Puis tous les quatre font une marche en forêt. Quand le soleil infléchit peu à peu sa course et commence à jouer à cache-cache avec les cimes des épicéas, ils rentrent. Maria et Djibril, ne pouvant se résoudre à se séparer, se baignent une dernière fois. Ils font la course jusqu'à la plateforme. Maria, plus fluide dans sa nage, gagne d'une courte tête. Debout sur la plateforme, les bras en V, elle partage son triomphe avec tout le camping. Ensuite, allongés, ils s'offrent aux ultimes rayons en se tenant par la main. Derrière la baie vitrée, Marcello les devine. Soudain gêné qu'ils puissent l'apercevoir et penser qu'il les épie, il détourne son regard, qui va se planter machinalement sur le téléphone une nanoseconde avant que celui-ci ne sonne. Son cœur bondit dans sa poitrine. Il décroche et écoute son correspondant sans prononcer un mot. Il dit juste :

— Je ne sais pas encore. Merci.

Quand Djibril, un peu dégoulinant, entre dans le salon, Marcello est assis sur le canapé et tient toujours à la main le combiné, qui sonne dans le vide. Il fait signe à Djibril de venir s'asseoir à côté de lui, en tapotant du plat de sa main libre le velours lisse d'un coussin. Puis, le plus tranquillement du monde, il annonce :

— Mon salaud de père est mort.

Et, contre sa volonté, des larmes venues directement de son cœur d'enfant ruissellent inopinément sur son visage d'adulte. Il pose sa tête sur les genoux de son fils, puis il ferme les yeux. Un instant décontenancé, Djibril finit par lui caresser les cheveux et entonne une comptine en arabe que sa mère lui chantait quand il était petit : « *Nini ya moumou hatta ytinb'chana*[1]... »

Marcello s'endort. Djibril réussit à se lever et à poser la tête de son père sur le canapé sans le réveiller. Il lui prend le combiné des mains et le repose sur son socle. Alors qu'il réajuste les coussins, une feuille de papier pliée en deux glisse. Il la ramasse et l'emporte dans sa chambre. L'écriture est celle de son père. Ça ressemble à une lettre d'adieu. Une lettre qui tente d'expliquer son geste, qui dit son amour pour Odile et l'insignifiance de la vie sans elle. Son père a tenté de mettre fin à ses jours, mais il a échoué. Peut-être qu'au dernier moment il s'est dégonflé. Peut-être que quelqu'un l'en a empêché ou sauvé in extremis. Jean-Marie ? Ça expliquerait le regard que son père lui a jeté au refuge, quand il a évoqué la crédibilité de son éventuel suicide. Mais pourquoi ne pas l'avoir déchirée, cette lettre ? Pourquoi la conserver

1. « Dors mon bébé, jusqu'à ce que le repas soit cuit. »

sous les coussins du canapé ? Peut-être Marcello l'a-t-il tout simplement oubliée.

À pas de loup, Djibril revient dans le salon la remettre à sa place. Son père se retourne dans son sommeil. Son visage se retrouve pile à la hauteur du sien. Djibril l'embrasse sur le front.

Le lendemain matin, ils prennent la route pour Turin.

30

Comme beaucoup d'hommes de sa génération, Eugène a le sifflet facile. Il passe ses journées à siffloter des airs populaires. De Tino Rossi à Jack Lantier en passant par Maurice Chevalier, Édith Piaf et Marcel Amont, son registre n'est pas des plus actuels, mais le bougre sonne juste et l'écouter n'est pas désagréable, loin de là. Aussi, quand la Mercedes se gare devant la pompe numéro 2, c'est tout naturellement qu'il exprime son admiration en chassant l'air entre ses lèvres serrées. Ce modèle est rare et en impose sacrément pour qui, comme lui, est amateur de belles mécaniques. Le type, un Italien s'il se fie à la plaque d'immatriculation, sort sans même lui adresser un regard. Il lance juste en l'air : « Le plein ! » Ni bonjour, ni merci, ni merde. Eugène en a vu d'autres. Ce n'est pas le premier client à le prendre de haut et probablement pas le dernier, mais il a passé l'âge de perdre son temps à s'énerver contre des pendards pareils. Il bloque le pistolet dans le réservoir et passe la raclette sur le pare-brise. Une fois le plein achevé, il raccroche et donne un petit coup de peau de chamois sur la carrosserie, ça lui fait trop mal au cœur de voir une voiture de ce standing dans un état pareil, et peu importe que son propriétaire soit ou pas un trou du cul.

L'Italien ressort de la boutique en mâchonnant du chewing-gum et avec une bouteille d'eau à la main. En découvrant sa voiture rutilante, il se montre un peu plus aimable.

— J'ai été à deux doigts de ne pas la reconnaître. Merci. J'avoue qu'elle en avait besoin.

— Les jolies voitures, c'est comme les jolies femmes, il faut les bichonner sinon elles finissent par vous lâcher.

— En parlant de jolie femme, votre dame m'a dit qu'elle avait vu mon ami Marcello Preziosi il y a quelques jours.

— Connais pas.

Eugène, qui n'est pourtant pas du genre suspicieux, est subitement sur ses gardes, car si sa femme remet Marcello quand elle le voit, il a la certitude qu'elle ignore son prénom, sans parler de son nom. Et il veut bien qu'on lui coupe la main si ce rital fait partie des proches de Marcello.

— Vous êtes sûr ? Il est représentant pour mon entreprise d'alimentation pour chiens.

— Certain.

— Il a une Alfa.

— Connais pas, je vous dis. Un nom pareil, ça ne s'oublie pas.

— OK. Je n'insiste pas.

L'Italien remonte dans son bolide. Il baisse la vitre et fait signe à Eugène d'approcher. Il a sorti un billet de

20 francs de son portefeuille et lui tend de façon qu'il se penche à sa hauteur. Il le saisit alors brusquement d'une main par le col, tandis que de l'autre il remonte la vitre électrique, lui emprisonnant la tête à l'intérieur du véhicule. Eugène n'a rien vu venir.

— Reprenons, si vous le voulez bien. Marcello Preziosi, ça vous dit quelque chose ?

Eugène fait non de la tête. Biaggi donne une impulsion sur le bouton du lève-vitre. Eugène sent la pression s'accentuer et sa glotte s'enfoncer. Il commence à s'étrangler. Son visage devient tout rouge.

— J'attends et j'ai horreur de ça. Pour la dernière fois, connaissez-vous Marcello Preziosi ?

Bravache, Eugène lui crache dessus.

Biaggi s'essuie et passe la première. La voiture se met en mouvement. Eugène, perpendiculaire au sens de la route, éprouve les pires difficultés à suivre. Il finit par perdre l'équilibre. Pour le déstabiliser davantage, Biaggi accélère. Eugène n'arrive pas à récupérer ses appuis. Ses pieds râpent le sol et ses mains glissent sur la carrosserie. Il ne tiendra pas longtemps, ainsi arrimé par le cou à la Mercedes. À l'instar des lutteurs qui frappent le tapis pour signifier leur abandon, il abat à plusieurs reprises sa main sur le toit avant que Biaggi ne consente à s'arrêter. Eugène se rétablit comme il peut.

— Je vous écoute, dit calmement l'Italien.

Eugène lui raconte tout ce qu'il sait.

— Si vous prévenez votre ami ou la police, je le saurai et je reviendrai foutre le feu à votre station-service et tuer votre femme. *Capito ?*

Eugène, terrifié, fait signe que oui. Biaggi baisse la vitre. Le vieux pompiste s'effondre comme un pantin désarticulé. Il tousse à s'étouffer. Biaggi lui jette la bouteille d'eau et le billet de 20. Puis il disparaît.

Eugène ne sifflotera plus de sitôt.

31

Ils arrivent juste à temps pour la mise en bière. Sous les regards de tous ceux qu'il n'a pas pris le temps de saluer, Marcello s'approche du cercueil. S'il ne savait pas que c'est son père, il ne le reconnaîtrait jamais. Il fait signe à Djibril, qui est sagement resté à l'entrée, de le rejoindre. Pour la deuxième fois de sa courte existence, Djibril se retrouve face à un mort ; du moins avec celui-ci n'y est-il pour rien. D'ailleurs, il a le sentiment d'être plus devant une statue de cire que devant un véritable être humain. Un homme qui ressemble étrangement à son père ne les quitte pas des yeux et finit par les interpeller :

— Marcello !

Celui-ci fait semblant de ne pas l'entendre. L'homme insiste :

— Marcello !!

Alors, seulement, Marcello daigne tourner la tête. C'est son demi-frère. Un demi-dieu qui a le pouvoir de dompter les eaux. Il se présente en tendant la main :

— Ugo.

Marcello garde la sienne le long du corps.

— Je comprends, dit Ugo d'une voix posée. Si tu le permets, on va fermer le cercueil, c'est l'heure de la crémation.

Pour toute réponse, Marcello s'écarte.

La cérémonie est sobre et digne. Un inconnu fait le panégyrique de son père puis son demi-frère prend la parole. Un des enfants d'Ugo lit un poème pour son papy. Tous évoquent un être merveilleux, généreux, totalement dévoué aux autres. Tous font l'impasse sur l'ordure qui a abandonné sa femme et son petit garçon de 7 ans qui ne sait toujours pas nager. Marcello a envie de hurler. La présence de Djibril l'en dissuade. Un employé, les cheveux gominés et rasé de frais, actionne un bras mécanique et le cercueil disparaît dans le four crématoire. Djibril, qui s'est souvent demandé comment on peut consacrer sa vie à s'occuper des morts, se dit que finalement ce métier n'est pas si différent de celui de pizzaiolo.

Ils s'apprêtent à reprendre la route quand Ugo se met en travers de leur chemin.

— Il y a encore une chose que nous devons faire. C'est lui qui me l'a demandé.

Marcello, plus grand et plus massif, s'avance à quelques centimètres du visage de son demi-frère et plante son regard dans le sien.

— À moi, il n'a rien demandé du tout, alors je te prierai de nous laisser partir.

Ugo ne bronche pas.

— Il n'avait pas le courage de te revoir de son vivant. Il avait honte et il m'a fait promettre de ne t'appeler qu'une fois qu'il serait décédé. J'ai tenu parole. Mais il voulait absolument que nous dispersions ses cendres ensemble. C'était important pour lui. Il m'en a parlé à plusieurs reprises, les jours qui ont précédé sa disparition. Ça l'obsédait vraiment.

Marcello trouve dans les yeux de Djibril une raison d'accepter.

Quand enfin ils récupèrent l'urne, Ugo s'éclipse pour passer un coup de téléphone à une connaissance. Il revient surexcité.

— Il faut qu'on se dépêche, on a une fenêtre de tir très courte.

Ils montent tous les trois dans la voiture de Marcello. Ugo sourit en la découvrant.

— Alors, toi aussi, tu ne jures que par Alfa ?

— Pourquoi, « moi aussi » ?

— Tu le sais très bien.

Marcello suit les indications d'Ugo, qui s'avère un formidable copilote. Ils se garent non loin du Stadio delle Alpi. Ils sont dans les temps. Djibril n'en croit pas ses yeux. Le mythique stade de la Juventus est là, devant lui. Il peut presque le toucher. Ugo saisit l'urne et Marcello se demande ce qu'il mijote. À l'une des portes, un stadier poireaute en regardant nerveusement à droite et à gauche. Quand il les aperçoit, il agite les bras et les invite à se presser. Une enveloppe passe d'une poche à une autre. À sa suite, ils pénètrent dans l'enceinte du stade. Un silence de cathédrale y règne. Pour quelques minutes, le temple du football italien leur appartient. Pour quelques minutes, ils sont immortels. Ugo se signe. Un jardinier les attend au niveau de la pelouse. Une enveloppe passe de nouveau d'une poche à une autre. De concert, Ugo et Marcello vident l'urne dans sa brouette traceuse. Les cendres se mélangent à la poudre de marquage. Le stadier est de plus en plus agité.

— Il faut faire vite, mon responsable ne va pas tarder à arriver.

Avec une dextérité de géomètre, le jardinier trace une magnifique ligne bien droite entre les deux poteaux de la cage de foot. Il répète l'opération dans le but opposé. Désormais, leur père, qui était le plus fidèle supporter de la Vieille Dame, sera à jamais aux premières loges pour apprécier les buts des *bianconeri* et, inversement, pour réussir à marquer leurs adversaires devront désormais lui passer sur le corps. À tout jamais, la Juventus jouera à 12. Ugo se signe de nouveau en quittant le terrain. Marcello, lui, s'agenouille pour baiser la pelouse. Ils ne sont plus qu'à quelques mètres des tourniquets qui vont les recracher en pleine rue, quand, sorti de nulle part, un colosse avec une chasuble jaune marquée *sicurezza* fait barrage de son corps. Une enveloppe passe d'une poche à une autre.

Toute l'Italie tient dans une enveloppe.

Une fois dehors, ils rient comme des gamins qui viennent de jouer un tour pendable. Marcello doit reconnaître qu'Ugo a fait les choses en grand. Il le félicite. Puis ils se quittent sur le trottoir. Marcello tend sa main à Ugo, qui la serre fermement, et, après une poignée de secondes à se regarder les yeux embués, les deux frères tombent dans les bras l'un de l'autre. Ils ne peuvent pas faire de plus beau cadeau à leur père. Ils en ont conscience. Dans le creux de l'oreille, Ugo glisse à Marcello qu'il le recontactera prochainement pour régler les histoires d'héritage.

— Je ne veux rien de lui.

— Ça tombe bien, je crois bien qu'il n'y a rien. Même un peu moins.

Ils rient à nouveau.

— Mais il t'a laissé un album photo et des centaines de lettres qu'il ne t'a jamais envoyées, ainsi que deux ou trois bricoles. Réfléchis-y quand même. On en reparle quand tu es prêt.

Ugo embrasse Djibril en s'étonnant intérieurement, mais sans méchanceté aucune, que son frère ait pu engendrer une telle merveille.

— À la Toussaint, tout le monde achète des chrysanthèmes pour honorer ses disparus, eh bien nous, dorénavant, nous achèterons des billets pour aller voir jouer la Juve. C'est quand même plus rigolo.

Ils se séparent sur cette dernière saillie d'Ugo en se promettant de se revoir très vite.

Une fois qu'ils se retrouvent seuls à bord de l'Alfa, Djibril confie à son père combien il a trouvé Ugo « chanmé ».

Marcello aurait mauvaise grâce à ne pas être de son avis.

— Oui, il est chanmé, comme tu dis.

— J'aurais bien aimé avoir un frère, moi aussi.

— Tu as déjà récupéré un père, ce n'est pas si mal, non ?

— Tu as raison, j'en demande trop.

— Je n'aurais jamais cru m'entendre dire ça, mais je dois avouer que l'idée d'avoir un frère commence à me plaire. Sans toi, je serais passé à côté de ce sentiment et ça aurait vraiment été regrettable.

— Tu veux pas te l'avouer, c'est encore trop frais, mais vos retrouvailles, c'est surtout à ton père que tu les dois. De son vivant, il a peut-être été un obstacle entre vous mais quand il a compris qu'il allait y passer, il a tout fait pour devenir un trait d'union.

— Je ne sais pas si tu es au courant que les adolescents ne sont pas censés s'exprimer comme des vieux sages et expliquer la vie à leur père.

— Je crois que je suis né vioc.

— C'est marrant ! Moi aussi, j'ai toujours eu ce sentiment.

L'Alfa avale les kilomètres. Le début de soirée jette un voile orangé sur le pare-brise. Un CD d'Adriano Celentano égrène ses titres. Alors qu'ils traversent au pas un village endormi, une église surgit, avec sa façade rose, son toit pointu et son clocher nappé de tuiles rouges. Accrochés à ses flancs, un ravissant cimetière entretenu au cordeau, dont on envierait presque les occupants, et une vigne qui vous enivre rien qu'à la regarder. D'un côté la mort, de l'autre la vie.

Marcello éprouve l'irrésistible envie de visiter l'église. Il se range le long du mur du cimetière. Djibril sort à sa suite, côté conducteur.

La porte en bois massif se referme lourdement derrière eux, faisant résonner le poids des siècles. Ils sont saisis par la fraîcheur et surpris par la semi-obscurité qui règne à l'intérieur. Le bâtiment tient ses promesses : un dénuement touchant au sublime. Pas de vitraux ni de chapelle, simplement des murs peints, défraîchis, sans aucun ornement.

Dans la nef, les bancs de bois sont incrustés chacun d'une petite plaque de cuivre gravée au nom d'une famille. Ici, évidemment, il ne viendrait à l'idée de personne de manquer la messe. Au fond, le chœur n'a rien d'ostentatoire : un ambon tout ce qu'il y a de plus simple repose sur une estrade de bois. Sur le mur, il y a un tableau de la Vierge Marie tenant l'Enfant qui vient de naître, et un Jésus-Christ, sans la Croix, taillé d'un seul morceau dans une pièce de bois – du châtaignier, dit Marcello sans certitude. Seule une admirable voûte de merrain contrebalance cette austérité apparente et auréole tout le bâtiment d'une atmosphère intime et chaleureuse. Un incroyable sentiment de bien-être s'empare d'eux dès l'instant où ils franchissent le seuil de l'église.

Devant la représentation de Jésus, Marcello se signe, à la grande surprise de Djibril.

— Tu es croyant ?

— Disons qu'en vieillissant c'est une option que je commence à prendre au sérieux. Et ces derniers jours n'ont fait que m'encourager dans cette voie.

— Moi, c'est la première fois que j'entre dans une église. Je n'imaginais pas ça comme ça. Tu es sûr qu'on peut vraiment garder nos chaussures à l'intérieur ?

Marcello sourit.

— Oui, ne t'inquiète pas. Tu n'en as jamais eu l'occasion, ou ça ne t'intéressait pas ?

— Ni l'un ni l'autre, c'est juste que si je l'avais fait, je crois que j'aurais eu l'impression de trahir ma mère.

— Elle est très pratiquante ?

— Avant, je ne sais pas trop, mais depuis que je suis né elle a pris ses distances avec l'islam. Même si elle continue à prier de temps en temps en cachette. Je le sais, je l'ai déjà surprise. Elle me les a apprises, les prières, mais je ne sais pas, ça ne m'a jamais trop dit. En revanche, on fait le Ramadan et on ne mange pas de porc à la maison. C'est presque plus culturel que religieux.

— Je comprends. Avec un père croyant sur le tard et une mère musulmane mais à sa sauce, tu as toutes les cartes en main pour devenir… athée.

— Je ne sais pas. Pour l'instant, la religion, c'est pas trop ma came.

— Si tu préfères, on n'est pas obligés de parler de cette visite à ta mère.

— Non, ça va. Les choses ont changé. Maintenant, tout ça, ça fait aussi partie de moi.

Quelqu'un se déplace du côté du chœur et attire leur attention : c'est le prêtre.

Marcello le hèle : « *Sacerdote !* » et il se dirige vers lui. Djibril reste dans la nef. Assis sur un des bancs, il observe les deux hommes palabrer.

Ils finissent par entrer dans une sorte de placard. Marcello lui apprendra en revenant que ça s'appelle un confessionnal et que c'est l'endroit où les pénitents confient leurs péchés et où les prêtres leur donnent l'absolution.

— Si j'ai bien compris, tu avoues tes fautes et elles te sont pardonnées ?

— En quelque sorte.

— C'est d'la balle.

Marcello le lui concède tout en réalisant à quel point se confesser lui a fait un bien fou. Il n'imaginait pas en avoir à ce point besoin.

— Tu lui as parlé de… enfin tu sais bien.

— Oui.

— T'as pas peur qu'il te balance aux condés ?

— Le secret de la confession est protégé par la loi. Un prêtre qui le violerait prend le risque d'être exclu de sa communauté chrétienne.

— OK ! C'est comme un complice, quoi ? Il sait mais il a intérêt à la boucler !

— Exactement.

— Donc, pour toi, par rapport à Dieu y a pas de lézard ?

— Même si je devais subir les foudres divines, s'il fallait le refaire je le referais.

Djibril esquisse un sourire un peu gêné.

— Pour qui as-tu allumé ces cierges ? demande Marcello.

— Il y en a un pour ton père et l'autre pour Odile. J'ai soudain réalisé que si on s'était connus plus tôt, toi et moi, elle aurait été comme une belle-mère pour moi.

— Elle t'aurait adoré et toi aussi tu l'aurais adorée. Je crois que vous auriez passé votre temps à vous liguer contre moi.

— Je m'étais dit que tu avais peut-être une femme et des enfants, mais j'ai jamais pensé que tu pouvais avoir un père et un frère. Et là, j'ai pris conscience que je venais de perdre mon grand-père, en fait. Ça m'a fait bizarre d'un coup.

Décidément cet enfant est un don du ciel.

— C'est vrai, mais il faut voir le côté positif aussi, tu as gagné un oncle, et pas n'importe lequel !

Depuis quelques kilomètres, ils sont de retour en France. Dans la quiétude de l'habitacle, Djibril pense à Maria. Il est impatient de la retrouver. Marcello lit en lui :

— Si on ne lambine pas trop, on pourra dîner avec Jean-Marie et Maria.

Djibril lui fait cadeau de son magnifique sourire. Puis il ferme les yeux. Marcello en ferait bien autant mais il doit se concentrer sur la route.

— Après la mort d'Odile, tu as pensé à mettre fin à tes jours ?

Le petit futé ne dort pas. Marcello répond du tac au tac :

— Juste après non, mais plus tard, oui.

— Tu es passé à l'acte ?

— Oui, une fois. Pourquoi toutes ces questions ?

— Je suis tombé sur ta lettre, hier soir.

— Ma lettre ?

— Ta lettre d'adieu.

— Ah oui ! Je l'ai glissée à la va-vite sous un coussin du canapé de peur que Jean-Marie ne la lise, et je l'ai oubliée. Il s'est passé tellement de choses depuis. J'ai l'impression que c'était il y a une éternité. Tu sais, sans lui, je ne serais pas là. On ne se serait pas connus, toi et moi. Je lui dois beaucoup. Et quelque chose me dit que toi aussi.

Le sourire de Marcello n'a rien à envier à celui de son fils. Djibril change vite de conversation.

— Je pensais à un truc : avec Maria, on pourrait peut-être t'apprendre à nager ?

32

Maria, debout devant lui dans son maillot une pièce, de l'eau jusqu'à mi-cuisse, le tient délicatement par les pieds. La naïade lui cache le soleil. Djibril, derrière lui, le soutient par les épaules. L'eau dans ses oreilles assourdit toutes les indications qu'il lui donne, ce qui ne facilite pas les échanges. Marcello a plus l'impression de participer à une cérémonie évangéliste de baptême par immersion qu'à une leçon de natation. La fraîcheur du lac agit comme un baume sur son corps endolori.

— T'es prêt ? On va te lâcher !

Ils vont s'apercevoir de ce qu'il sait déjà : le théorème d'Archimède ne s'applique pas à lui. Toute règle a son exception. Il en est une.

— OK.

L'un à côté de l'autre, les pieds au sec, Maria et Djibril sourient silencieusement. Sur le dos, Marcello dérive imperceptiblement. Il ne quitte pas des yeux la surface du lac comme s'il cherchait à s'y agripper.

— Relâche ta nuque, mets bien ta tête en arrière et regarde les nuages passer.

— Bon, ben, qu'est-ce que vous attendez ? Lâchez-moi !

Des gloussements provenant de la rive lui font comprendre qu'il flotte seul depuis un petit moment déjà. Un nébuleux sentiment de panique plane un instant dans le bleu céruléen au-dessus de lui, avant de se dissiper aussi vite qu'il est apparu. Finalement, il ne se sent pas si mal dans cette position, les yeux dans les cieux.

— Essaie de te déplacer en agitant doucement tes mains le long de ton corps !

Marcello pivote sur lui-même. Des applaudissements saluent cet exploit.

— N'hésitez pas à vous foutre de moi, surtout.

— Mais pas du tout, tu t'en sors très bien, papa !

En fin de matinée, Marcello maîtrise la planche aussi bien qu'un débris d'épave. Il est prêt à passer à l'étape suivante, mais après le déjeuner car il meurt de faim ; c'est bien connu, la natation, ça creuse. Un fils qui apprend à son père à nager, c'est vraiment le monde à l'envers. Mais Marcello doit admettre que cela ne lui déplaît pas.

Jean-Marie, parti tôt à un rendez-vous, ne rentrera pas déjeuner. Marcello concocte, pour eux trois, une salade de pâtes avec du thon, des câpres et des tomates séchées. Il prépare aussi un grand pichet de limonade avec des tranches de citron et d'orange, et un peu de menthe fraîche aussi. La température est parfaite pour un déjeuner au bord du lac. Les moustiques n'ont pas encore pris leurs quartiers d'été. Seules quelques mouches joueuses les taquinent. Voir Djibril et Maria assis coude contre coude le ramène des années en arrière, quand Odile et lui se sont rencontrés. Il leur envie ce sentiment dont il les sait traversés et qu'il a connu lui aussi, celui de ne plus pouvoir respirer dès que l'autre n'est plus à portée de regard. À table, il est beaucoup question de brasse, de synchronisation des mouvements et de respiration. Marcello finit par crier grâce. On verra tout ça après sa sieste. Les enfants, car ce ne sont encore que des enfants, pouffent derrière leurs mains. En dessert, il leur fait des tartines de fraises saupoudrées de sucre. Du jus coule encore sur leurs mentons quand la voiture de la gendarmerie coupe le moteur.

33

On est jeudi et Simone n'a pas eu de nouvelles de Djibril depuis le dimanche. Elle ne tient plus en place. Elle a téléphoné chez lui, mais sans succès. Elle a laissé un message, mais personne ne l'a rappelée. Elle est sur le point de se pointer chez lui quand elle se souvient que sa mère est infirmière. Elle épluche l'annuaire et consacre toute sa matinée à appeler les hôpitaux les uns après les autres. Elle finit par trouver celui où elle exerce et, après avoir bataillé de pied ferme avec son interlocutrice, arrache enfin une information : Selma a pris une semaine de vacances. Soulagée, Simone retrouve un semblant de calme. Djibril et sa mère ont dû s'exiler à la campagne, au bord de la mer, ou ailleurs. Installée à sa table de cuisine, devant un grand verre d'eau fraîche, elle se sent bête. Elle n'a pas pensé aux vacances scolaires. Quand on n'a pas d'enfant, ce n'est pas la première chose qui vous vient à l'esprit. Bête et triste. Triste, surtout.

Le jeudi, l'hypermarché fait une nocturne et elle ne commence le travail qu'à 14 heures. Elle se trouve dans les vestiaires et vient de fermer le dernier bouton de sa blouse quand une de ses collègues, beaucoup plus jeune, entre. Elles ne sont pas particulièrement proches, mais Simone sent à la façon dont elle la regarde qu'elle a besoin de parler. De plus, Simone la trouve d'une pâleur inhabituelle. Elle s'enquiert aussitôt de sa santé. Juliette la rassure.

— Ça va. C'est juste cette histoire de chiens qui m'a toute retournée.

Simone s'assoit sur le banc qui se trouve en face de son placard.

— Quelle histoire de chiens ?

Juliette la rejoint sur le banc.

— Les chiens de Lucien. Tu n'es pas au courant ?

Elle ne l'est pas.

— Ils ont été retrouvés égorgés dans le sous-bois. Ce sont des mômes qui sont tombés dessus par hasard, en jouant. Les parents ont prévenu la gendarmerie. Ils ont immédiatement fait le rapprochement avec les chiens de Lucien et ils ont envoyé une voiture. Ils ont trouvé la porte du local fracturée et à l'intérieur tout a été saccagé. Personne n'a rien vu. Ils ne savent pas si c'est Lucien, en proie à une crise de démence, qui a fait cela ou bien s'il a été agressé. Ce qui est sûr, c'est que Lucien a disparu. Personne ne l'a revu depuis hier en fin d'après-midi.

Simone ne sait que dire. Elle serre juste le bras de Juliette, qui tremble, dans l'espoir vain de lui communiquer un peu de soutien. Juliette se rend jusqu'au lavabo où elle s'asperge le visage. Simone retire sa blouse et informe sa supérieure qu'elle ne se sent pas très bien et qu'elle préfère rentrer chez elle. Une demi-heure plus tard, elle sonne à la porte de Joël. Cela fait des années que ni l'un ni l'autre n'ont fait l'amour en plein après-midi.

34

Avec courtoisie mais fermeté, les gendarmes exigent de parler à Marcello en privé. Le corps tendu de Djibril trahit sa volonté de rester en dépit de cette injonction. Marcello le chasse d'un regard rassurant. Maria l'agrippe par la main et l'entraîne avec elle.

Les gendarmes prennent place autour de la table et refusent poliment les cafés que Marcello leur propose.

Le plus grand, qui est aussi le plus gradé, prend la parole. Il se dégage de lui une autorité naturelle et une réelle empathie. Il pèse ses mots et sa peur de froisser est palpable. Il demande d'abord à Marcello de décliner son identité et de confirmer qu'il est bien le propriétaire d'un appartement situé au troisième étage sans ascenseur du numéro 11 de la rue Charrel, à Grenoble. Ce qu'il fait. Le gendarme lui signifie alors que celui-ci a été cambriolé. Marcello doit lutter contre un affaissement brutal de son corps tant son soulagement est immense. Même s'il donne le change depuis l'arrivée des gendarmes, il est tétanisé à l'idée qu'ils soient venus pour l'inculper de meurtre.

Si ce cambriolage est une formidable nouvelle, il doit néanmoins garder son enthousiasme pour lui.

— C'est l'ancien appartement de ma mère. Il n'y a que des bibelots et des vieilleries, dont la seule valeur est sentimentale.

L'officier consulte son calepin afin de ne pas écorcher le prénom et le nom de l'occupant des lieux : « monsieur Mauricio Preziosi ».

Marcello témoigne qu'il s'agit bien de son cousin germain, auquel il loue l'appartement depuis des années. Le gendarme adopte alors un ton beaucoup plus solennel pour lui présenter toutes ses condoléances.

— Je suis sincèrement désolé de vous informer que M. Mauricio Preziosi a succombé à ses nombreuses blessures hier soir, à l'hôpital.

Marcello, devenu aussi blanc que s'il s'était entièrement vidé de son sang, se propulse du banc pour aller vomir au pied d'un arbre. Il plonge ensuite sa main dans l'eau claire du lac pour essuyer sa bouche, avant de mouiller son foulard et de le renouer autour de son cou tout en prenant soin de camoufler les stigmates de son étranglement. Encore un peu livide et un brin chancelant, il revient s'asseoir. Le second gendarme lui verse un peu de limonade. Marcello balbutie des remerciements et par petites gorgées boit tout son verre.

L'officier de gendarmerie, compréhensif, prend son temps avant de poursuivre. Une enquête a été ouverte. Les premières conclusions laissent penser que son cousin a surpris les cambrioleurs et que ceux-ci l'ont frappé à plusieurs reprises avant de prendre la fuite. On n'en sait pas plus à ce stade.

Marcello est sous le choc. Cela ne peut être une coïncidence. M. Biaggi est forcément derrière tout ça. Il a de lui-même fait référence à cette adresse sur un ton qui sous-entendait la menace.

— Vous savez quand cela a eu lieu ?

L'homme parcourt de nouveau son petit carnet, où son écriture en pattes de mouche s'étale sur des pages et des pages.

— Selon les recoupements que nous avons déjà pu établir entre les témoignages des voisins et les conclusions du médecin légiste, cela remonterait à mardi soir.

Mardi, le jour où M. Biaggi l'a appelé. C'est donc Marcello, qui, en mentant sur son prétendu départ en vacances le mercredi matin, a précipité l'assassinat de Mauricio. Le « *M. Preziosi* » sur la boîte aux lettres et sur la sonnette a suffi à convaincre les tueurs qu'ils étaient bien au bon endroit. Ils ont exécuté Mauricio, persuadés de se débarrasser de Marcello. Combien de temps mettront-ils à s'apercevoir de leur bévue ? Combien de temps mettront-ils à le retrouver, lui ? Mauricio n'a jamais mis les pieds au bungalow et il réglait son loyer par versements bancaires. Lui et Marcello n'ont jamais évoqué ensemble cet endroit. Leurs échanges, ces dernières années, peuvent se compter sur les doigts d'une main et tournaient généralement autour de leur prime enfance. Il n'y a donc aucune raison pour que l'adresse du bungalow figure dans l'appartement sur quelque papier que ce soit.

— Vous vous sentez bien, monsieur Preziosi ?

Marcello ne réalise pas à quel point son silence s'est éternisé. Il s'excuse pour son moment d'absence, mais il ne comprend pas pourquoi il n'a pas été prévenu plus tôt. Toujours le nez plongé dans son calepin afin de n'omettre aucune information, l'officier lui explique que la gendarmerie grenobloise n'a eu vent de l'affaire que le mercredi soir. Un voisin a retrouvé dans sa boîte aux lettres un courrier destiné à Mauricio et par gentillesse le lui a monté. En s'approchant de la porte, il a constaté que celle-ci avait été forcée. Il est rentré chez lui et a composé le 17.

— Moi-même je n'ai été contacté qu'en milieu de matinée. Ils ont mis du temps à vous localiser.

Marcello est rassuré d'apprendre que se procurer son adresse n'est pas une sinécure, même pour des professionnels. L'officier l'informe qu'il est attendu le lendemain matin à Grenoble pour dresser la liste de ce qui a disparu dans l'appartement et pour identifier le corps de son cousin. Il a rendez-vous à 10 heures rue Charrel avec un de ses collègues, qui l'accompagnera ensuite à la morgue. Les deux hommes se serrent la main. Le sous-fifre opte pour un salut réglementaire, sûrement plus statutaire dans son esprit.

Les deux feux arrière de la 305 break sont encore visibles au bout du chemin quand Djibril et Maria repointent le bout de leur nez. Leurs bouches sont discrètement rougies. Marcello fait mine de ne s'apercevoir de rien. Il se borne à les rassurer. L'appartement de sa mère a été cambriolé. Rien de très grave. C'est à son tour de larguer des leurres. Ce soir, avec Jean-Marie, il leur faudra prendre des décisions.

Mais, en attendant, il va se donner une chance de savoir nager un jour. Qui sait, le lac sera peut-être son salut. Qu'importe que Djibril et Maria s'avèrent de formidables pédagogues, ou que lui-même fasse montre de véritables dispositions, toujours est-il qu'à 18 h 12 précisément Marcello atteint, par ses propres moyens, la plateforme flottante en partant du bord. Pour le style, il est plus proche de Rintintin que de Johnny Weissmuller, mais ça n'a aucune importance, il verra ça plus tard. Il a hâte de raconter sa prouesse à Odile. En attendant, ils fêtent ça tous les quatre – Jean-Marie est rentré juste à temps pour le voir parcourir les derniers mètres – en siphonnant une bouteille de cidre qui s'ennuyait ferme dans le cellier.

Ce soir-là, Jean-Marie ne se montre pas très causant. Alors que Marcello lui en fait la remarque, il prétexte une journée éprouvante en ville. Il n'a plus l'habitude de cette effervescence. Il est *claqué*. Seule une farandole de lucioles sorties de nulle part comme une poignée de poussière scintillante soulevée par un vent éphémère lui fait lever le nez de son assiette. Les traînées hasardeuses de lumière froide intermittente qui couturent le ciel de surpiqûres phosphorescentes semblent le fasciner.

— Maria, Djibril, vous ne voudriez pas aller chercher dans mon bungalow des bocaux vides qui se trouvent sous l'évier ? On va essayer d'en capturer quelques-unes.

L'idée d'une lanterne vivante aiguillonne la curiosité des deux adolescents. Ils partent au petit trot en direction du bungalow. Jean-Marie ordonne aussitôt à Marcello de le suivre à sa voiture. Il ouvre le coffre.

— J'ai trouvé ça en rentrant, dans la boîte aux lettres commune. Ça t'est adressé.

Il s'agit d'une sorte de carton à chapeaux fermé par un très joli ruban bleu que Jean-Marie a dénoué.

— Quand j'ai senti l'odeur, je me suis permis de l'ouvrir.

Marcello soulève le couvercle et ne peut réfréner un mouvement de recul. À l'intérieur, la tête de l'adorable bouledogue français le regarde droit dans les yeux.

— Pas un mot à Djibril, surtout !

35

La cabine du téléphérique est là, devant lui. Elle stoppe net devant le soleil. Personne ne fait la queue. Il est tout seul sur le quai. Quand la porte s'ouvre, il reconnaît les ombres fantomatiques de sa femme, de ses deux enfants et de ses chiens sagement assis de part et d'autre de ses fils. Toute sa vie tient dans cette petite boîte qui irradie. Il n'a que quelques pas à faire pour les rejoindre. Mais ses jambes sont lourdes, terriblement lourdes, elles pèsent des tonnes ; il lui faut déployer des trésors d'énergie pour gagner quelques centimètres. Des cris sourds d'encouragement, comme ceux qu'on entend dans les stades, quand on se trouve devant son téléviseur, lui parviennent de la cabine et décuplent ses forces : *Vas-y, papa, tu peux y arriver !!! Allez, mon chéri, tu y es presque !* Une sueur froide dégouline de ses tempes. Après des heures de supplice, il parvient enfin à atteindre le seuil de la cabine. Il tend les bras et les ombres s'unissent pour le haler à l'intérieur. La porte se referme derrière lui avec la violence d'un couperet qui tombe, et aussitôt le téléphérique entame sa vertigineuse ascension. Ils se prennent dans les bras tous les quatre. Les chiens font la fête autour d'eux. Plus rien ni personne ne les séparera. Il a si souvent appelé ce moment de ses vœux qu'il a fini par se convaincre qu'il n'arrivera plus. Il s'est trompé, une fois de plus. La vie est parfois décevante. La mort, jamais.

36

Comme ils ont été naïfs de croire qu'ils pouvaient tromper M. Biaggi ! Qui sont-ils pour se mesurer à un homme de sa trempe ? Un représentant de commerce dépressif et un marin à la retraite qui se prend pour Jean-Claude Killy ne peuvent pas faire le poids face à un tel truand. Il a dû bien s'amuser à leur laisser penser qu'ils avaient réussi. Mais là, il ne joue plus. Il y a un mort et maintenant la tête de ce chien. Le message est clair : ils seront les prochains. Leur mise en scène a fait chou blanc. Jean-Marie ne se l'explique toujours pas. Cela fait maintenant deux heures qu'il en ressasse chaque détail, et il ne voit pas où ils ont pu commettre une erreur. En laissant la cargaison sur place, ils ont éliminé le seul mobile plausible. Alors comment M. Biaggi est-il arrivé à la conclusion que Marcello a tué cet énergumène ? Et comment a-t-il su pour le bouledogue ?

Les deux entomologistes en herbe se sont vite lassés d'observer le jeu des lucioles dans leur petit théâtre de verre et, après une dernière baignade, ils rejoignent leurs lits respectifs. Jean-Marie rentre avec Maria.

Marcello est soudain si fatigué qu'il ne trouve même plus le courage d'aller se coucher. Le jour suivant, entre la visite à l'appartement de sa mère et celle à la morgue, ne va pas être de tout repos, surtout émotionnellement. Sans parler de la mère de Djibril qui doit arriver en toute fin de journée. C'est censé être une surprise. Quand Djibril les a forcés à se parler dans la cabine téléphonique, Marcello, pris de court, a invité Selma à venir passer le week-end et, à sa grande surprise, elle a accepté. Marcello et Jean-Marie n'ont plus de temps à perdre. Lundi, Marcello ne peut pas retourner au travail. Il doit avoir trouvé un plan d'ici là.

Marcello s'arrête un instant devant la porte close de la chambre de Djibril. Penser ou dire « mon fils » lui fait encore tout drôle. Il ne sait pas s'il s'y habituera un jour. Ce qui est sûr, c'est que son existence a redonné un vif intérêt à la sienne. Maintenant, il sait pourquoi il se lève le matin. Il est nerveux à l'idée de rencontrer Selma. Il veut à tout prix lui faire bonne impression. Cela lui empoisonne l'esprit depuis plusieurs jours. Le mieux serait qu'ils deviennent amis, dans l'intérêt de Djibril. Amis ou amants, pourquoi pas ? Quel imbécile il fait à tirer des plans sur la comète alors que ses jours sont comptés ! Il ferait mieux de réfléchir à une solution pour rester en vie. Il s'endort sans médocs ; cela fait bien longtemps que ça ne lui est plus arrivé.

Vers 3 h 45 pourtant, il se réveille. Comment a-t-il pu ne pas y penser ? Il enfile un tee-shirt, saute dans un caleçon et file directement chez Jean-Marie, pieds nus. Il tambourine à la fenêtre de sa chambre. La tête dévastée de son ami apparaît dans la lucarne. La situation ne serait pas aussi dramatique, il éclaterait de rire. C'est la première fois qu'ils se retrouvent tous les deux dans la pénombre de cette cuisine.

— T'as du déca ?

— Parle moins fort, tu vas réveiller Maria. T'imagines quand même pas qu'on va se rendormir ?

Il leur sert deux grands cafés noirs, très forts.

— Tu n'aurais pas un truc à tremper dedans ?

— Si je trouve du cirage, je te fais tes pompes aussi ?

— Toi, quand tu n'as pas tes six heures de sommeil, t'es aussi imbuvable que ton café.

Jean-Marie préfère ne pas répliquer. Il trouve une boîte de gâteaux secs dans le fond du placard. Il ne se souvient pas de l'avoir achetée, il a dû en hériter des anciens locataires. La vengeance est un plat qui se mange froid et périmé. Il s'adosse au plan de travail, son mug à la main.

— Qu'est-ce que tu as de si urgent à me raconter qui ne pouvait pas attendre demain matin ?

— Je sais pourquoi Biaggi en a après moi. Il lui manque des boîtes.

— Qu'est-ce que tu racontes ? On a laissé tous les cartons, même la boîte que Djibril avait ouverte.

Marcello se lève et se met à arpenter la cuisine nerveusement.

— Quand j'ai quitté l'entrepôt, je ne me suis pas rendu directement au refuge. J'ai fait un détour pour passer voir mon pote Lucien. Il n'était pas là. Mais comme je connais sa planque, j'ai récupéré les clés et je lui ai déposé une dizaine ou une quinzaine de boîtes, je ne sais plus trop, pour ses chiens. C'est une habitude.

Dès que j'ai un nouveau chargement et que je passe près de chez lui, je ponctionne quelques boîtes, ce n'est pas la mort du petit cheval.

— Ce n'est peut-être pas la mort du petit cheval, mais ça risque d'engendrer la tienne et par ricochet la mienne, s'emporte Jean-Marie.

— Parle moins fort, tu vas réveiller Maria.

— Très drôle !

— J'ai remis les clés à leur place et je suis reparti. Et c'est là, au premier stop, que j'ai rencontré Djibril. Il s'est passé tellement de trucs ensuite que ça m'était complètement sorti de la tête. Ça m'est revenu subitement cette nuit.

Jean-Marie attrape son blouson qui est suspendu à un crochet mal fixé derrière la porte de la cuisine.

— C'est sûr qu'au prix du kilo de coke, plus d'une dizaine de boîtes, ça représente un sacré paquet de fric. Il habite loin, ton pote ?

Arrivés à 200 mètres du quai de déchargement où se trouve le cagibi de Lucien, Marcello coupe le contact. Tapis dans l'obscurité chancelante, les deux hommes restent cois. Devant eux, le spectacle des gyrophares donne à l'endroit des airs de fête improvisée. Une fête macabre. Marcello croit reconnaître un des deux gendarmes qui sont venus le voir la veille. Le plus grand. L'officier. Il n'est peut-être pas utile qu'il le trouve ici. Deux morts en deux jours ayant un rapport direct avec lui, ça commencerait à ressembler sérieusement à un début de piste. Ils reculent tous feux éteints et filent dans la promesse du jour sans se retourner. Comment les hommes de Biaggi ont-ils pu remonter jusqu'à Lucien ? Il semble peu probable qu'ils aient suivi Marcello à distance depuis l'entrepôt, sinon il y a longtemps qu'il ne serait plus de ce monde. Il repense alors à ce jeune sur le quai de déchargement. Peut-être l'a-t-il vu entrer chez Lucien déposer les boîtes. M. Biaggi doit avoir des informateurs un peu partout. En tout cas, ce deuxième avertissement est encore plus clair que le premier : tenter d'échapper à M. Biaggi est peine perdue.

37

Quelques minutes avant l'ouverture, le directeur réunit tous les employés de l'hypermarché dans la cafétéria. Simone et Monique sont au premier rang. Une estrade avec un micro a été installée. Le directeur, accompagné d'un homme que personne ne connaît, s'est perché dessus. Passé le moment embarrassant des essais de voix et des larsens, le silence finit par s'imposer. Le directeur, qui n'est pas à proprement parler un grand orateur, opte pour la simplicité :

— Merci à tous d'être là. Je ne vous prendrai que quelques minutes. Je suis malheureusement au regret de vous faire part de la mort de Lucien. Notre Lucien.

Un murmure monte de l'assistance. Des larmes coulent de-ci de-là. De petits cris s'échappent des gorges nouées. Quelqu'un, dans le fond, a besoin d'une chaise. Devant de telles réactions, Simone déduit que, contrairement à elle, nombreux sont ceux qui entretenaient une véritable relation avec Lucien. Elle se sent encore plus honteuse de ne jamais avoir été là pour lui.

— Je sais que beaucoup d'entre vous lui venaient en aide et lui témoignaient de l'amitié. Nous étions sa seule famille. Bien évidemment, nous prendrons en charge les obsèques, et le magasin sera fermé afin que nous puissions tous accompagner Lucien vers sa dernière demeure.

Puis il se tourne vers l'inconnu qui se tient à son côté.

— Je vous présente le commissaire Bordenave. Il a quelques mots à vous dire.

Le directeur lui cède sa place sur l'estrade. Le policier a une voix grave qui porte jusqu'au fond de la salle sans l'aide du micro.

— Nous avons retrouvé Lucien dans une décharge.

Un frisson agite le personnel.

— Comme vous devez le savoir, la veille, nous avions retrouvé ses deux chiens égorgés dans le bois juste derrière l'hypermarché. Tout laisse à penser qu'il s'agit d'un règlement de comptes. Si l'une ou l'un d'entre vous a noté quelque chose d'anormal ces derniers jours, vous devez nous le signaler. Même un détail anodin peut s'avérer décisif.

Un jeune type avec des muscles saillants sous son tee-shirt à manches courtes lève la main. Le commissaire l'invite à parler.

— Bonjour, je suis manutentionnaire. Lundi, alors que j'attendais un chargement, un type que je n'avais jamais vu a demandé après Lucien. Je lui ai dit qu'il était parti promener ses chiens. Il n'a pas insisté. Alors que je croyais qu'il avait déguerpi, je l'ai vu revenir les bras chargés de boîtes de bouffe pour clebs et entrer dans le cagibi. Il en est ressorti presque aussitôt. Je l'ai suivi et l'ai vu remettre la clé dans la planque de Lucien. Voilà, c'est tout.

Le commissaire le remercie et lui demande de passer au commissariat à l'heure du déjeuner pour faire une déposition. Ce n'est peut-être rien, mais il a fouillé le cagibi personnellement et il ne garde aucun souvenir de boîtes de nourriture pour chiens. En partant d'ici, il y repassera pour vérifier.

— Quelqu'un d'autre a-t-il quelque chose à ajouter ?

Simone se tait, même s'il ne fait aucun doute pour elle que l'homme qui vient d'être décrit est Marcello. Le jour mentionné la trouble : lundi, ce même jour où elle a cherché à le joindre à son travail et où il était censé être en vacances. Mais peut-être que, justement, sachant qu'il allait être absent un certain temps, il est passé voir si Lucien ne manquait de rien.

— Dans ce cas, je vous remercie, conclut le commissaire.

Puis il s'efface, laissant le directeur mettre un terme à la réunion.

— Dès que nous aurons le lieu, le jour et l'heure de la cérémonie, nous vous en tiendrons informés. La journée va être difficile, mais je compte sur vous pour servir au mieux nos clients.

Le commissaire remercie le responsable de l'hyper et traverse les réserves pour se rendre directement chez Lucien. Un de ses hommes qui en garde l'entrée le salue avec beaucoup d'emphase. Un rapide coup d'œil confirme ce que sa mémoire lui a soufflé : aucune trace de boîtes de nourriture pour chiens. Il demandera au jeune s'il se rappelle la marque. Une petite lumière rouge s'allume dans un coin de son cerveau. Il ignore encore à quoi elle correspond, mais il ne tardera pas à le savoir.

Se jeter à corps perdu dans le travail pour penser à autre chose, c'est ce que Simone fait. La journée se déroule comme dans un épais brouillard. Elle arrive chez elle vers 18 h 30. Joël a laissé un message sur son répondeur en lui disant combien elle lui manque et combien il a envie d'elle. Elle est tentée de renfiler le pardessus qu'elle a jeté en vrac sur le banc dans l'entrée pour aller le rejoindre, mais la fatigue l'en dissuade. Et puis, de toute façon, ils ont prévu de passer le week-end ensemble dans un chalet d'altitude qui appartient à la sœur de Joël.

Incapable d'avaler quoi que ce soit, elle dîne d'un fruit et d'un thé à la menthe. Elle se couche avec les poules. Après avoir lu quelques pages dont elle a tout oublié à peine son livre refermé, elle s'endort relativement facilement. La culpabilité attend un peu plus de 22 heures pour la tirer de son lit. Après un nouveau thé à la menthe, elle se rhabille et se rend au commissariat.

38

Les cloches de la basilique du Sacré-Cœur de Grenoble viennent de sonner 13 heures quand Marcello sort de la morgue. Son corps accuse la fatigue de la nuit et l'horreur du matin. Il a la silhouette voûtée d'un homme plié sous une charge trop lourde pour lui. La douleur, piètre sculpteuse, a grossièrement travaillé son visage au burin et au bédane. Ses yeux sont renfoncés, comme s'ils voulaient rentrer en eux-mêmes, fuir le plus loin possible ce qu'on leur a donné à voir. Le gendarme qui l'escorte propose de le reconduire à son domicile. Marcello décline l'offre. Il a besoin de marcher, de prendre l'air et, de toute façon, il est véhiculé. Le gendarme, soucieux qu'il prenne le volant, insiste. Il n'a qu'à revenir chercher sa voiture plus tard. Demain, même. Cette fois-ci, le refus de Marcello est plus ferme.

— Je vous ai dit non merci. Qu'est-ce que vous ne comprenez pas dans cette phrase ?

Vexé d'avoir été rabroué, l'officier tourne les talons sans le saluer et s'éloigne d'un pas cadencé. *Et puis merde, qu'il aille se faire foutre*, pense Marcello avant de repérer un kiosque de l'autre côté de la rue. Il s'y traîne et, dans la foulée, s'installe à une terrasse de café pour lire le journal qu'il vient d'acheter. Il trouve ce qu'il cherche à la page des faits divers. Ce n'est pas à proprement parler un article, juste un entrefilet, comme si la vie de Lucien ne méritait pas plus. Pas mieux. Y figurent son nom et l'endroit où a été découvert son corps : la décharge publique. *Les ordures, ce sont eux, pas lui*, pense Marcello. Il n'y est pas fait état des nombreux coups et blessures sur le visage et sur le corps, ainsi que des brûlures sur les parties intimes et sous les ongles. Les mots *torture* et *inhumain* n'apparaissent pas. Comme sont passées sous silence la drogue et les questions qui lui ont valu ces terribles sévices : *Où as-tu trouvé ces boîtes ? Qui te les a données ?* Tout cela, on le lira trop tard. Marcello voudrait pleurer son ami, mais les larmes ne viennent pas. La colère est trop grande. La peur aussi. Le passage de Lucien sur Terre n'a été que souffrance et humiliation. Marcello espère que l'au-delà se montrera plus clément avec lui. Les cloches se sont de nouveau fait entendre. De 7 heures à 22 heures, elles sonnent toutes les demi-heures et, en dehors des locataires de la morgue, tout le monde s'en plaint.

39

Cette satanée drogue a déjà tué trois hommes, dont deux innocents. Marcello veut que ça s'arrête. Il ne peut pas courir le risque de mettre en péril d'autres vies. Il est convaincu que seule la vérité est susceptible de mettre fin à cette hécatombe. La toute-puissance de sa vérité, plus exactement. Il lui dira que c'est lui qui a eu l'imprudence d'ouvrir la boîte. Lui qui a tué l'homme du refuge pour sauver sa vie. Toujours lui qui a paniqué et maquillé son meurtre en accident. Quand il a donné les boîtes, il ignorait ce qu'il y avait dedans. Il n'a jamais voulu le voler. Toute cette histoire n'est qu'un malheureux concours de circonstances. Il est trop impliqué de toute façon pour dire quoi que ce soit à la police. Il l'aurait fait depuis le premier jour, sinon. Il n'a rien à craindre de lui. S'il le veut, il continuera même à assurer les livraisons.

Voilà ce qu'il dira à M. Biaggi, lundi. Celui-ci comprendra. Il en est sûr. Inutile de parler de tout ça à Jean-Marie : il tenterait de l'en dissuader et y parviendrait sûrement. Sa décision est prise. Rien ne lui fera faire machine arrière. Il va profiter pleinement du week-end avec Djibril et sa mère. Avec Jean-Marie et Maria. Avec sa famille.

40

Avec Marcello retenu à Grenoble et Jean-Marie occupé à préparer les sorties de cette fin de semaine, Maria et Djibril sont délicieusement livrés à eux-mêmes. Ils ont passé la matinée à poursuivre leur lente et merveilleuse découverte du corps de l'autre. Dimanche, chacun repartira chez lui, mais ils se sont déjà promis de se retrouver ici pour les grandes vacances. Peut-être même que Djibril pourra la rejoindre quelques jours en Sicile, si leurs mères respectives sont d'accord, évidemment. Ils se font fort de les convaincre.

Ce soir, ce sera la pleine lune. Ils ont décidé de fêter ça en se baignant nus. L'adolescence est ritualiste. Ils resteront à couvert derrière la plateforme. L'adolescence est pudique. Maria a bien une autre idée en tête, mais pour le moment elle préfère ne pas la partager avec Djibril. Ils déjeunent de restes et passent une bonne partie de l'après-midi à lire, flirter et s'amuser dans l'eau. Avec l'autorisation de Jean-Marie, ils empruntent des vélos qui croupissent dans un des bungalows dont il a la clé. Ils voulaient explorer l'autre versant du lac, mais ont dû y renoncer à cause du sentier racineux, bourbeux et cahoteux qui y mène. Ils n'avaient pas les vélos adéquats. Il leur faudrait des motos trials comme celles qu'ils ont aperçues au travers des trouées d'arbres. Elles se jouaient de tous les pièges ; leurs pilotes étaient diablement agiles, ils ne s'asseyaient presque jamais sur leur selle. Sûrement des garçons du coin dont c'est la passion. Djibril n'a jamais osé demander un deux-roues à sa mère. Il connaît par avance le laïus : « Tu sais le nombre de jeunes de ton âge que je vois débarquer à l'hôpital entre la vie et la mort à cause d'un accident de scooter ou de moto ? »

Peut-être que Marcello sera un peu moins réfractaire à l'idée. Et puis, ici, il y a de l'espace et peu de voitures. Ils ont quand même fait une jolie balade dans les bois. Djibril a aidé Maria à se familiariser avec le maniement des vitesses. Sur un terrain aussi accidenté, c'est vital. À leur retour, ils sentent la sueur, la poussière et l'humus. Le lac a tout emporté. Seul le parfum du désir, qui imprègne leur peau en profondeur, a résisté.

41

Cette histoire de nourriture pour chiens titille le commissaire Bordenave. Marcher lui fera le plus grand bien, ça fouettera ses neurones et l'aidera à mettre de l'ordre dans ses pensées. Lucien a été exécuté. Ses chiens tués la veille, c'était un avertissement. À l'évidence, un travail de professionnels. Pourquoi des pros s'attaqueraient-ils à un pauvre bougre comme lui, incapable de faire le moindre mal à une mouche et totalement démuni ? Et surtout, qu'avait-il fait, que savait-il ou que cachait-il qui méritait qu'on le moleste à ce point ? Cette enquête est pleine de zones d'ombre. En parlant d'ombre, le commissaire Bordenave affectionne tout particulièrement ce moment de la journée entre chien et loup, où le jour défie la nuit au bras de fer avec la naïve perspective de vaincre. Il n'en est jamais rien, bien sûr, mais éternellement le jour garde espoir. Bordenave trouve que c'est une jolie métaphore de son métier : croire qu'à la fin du jour le bien peut triompher du mal. Il y croit dur comme fer.

Élégant de corps et d'esprit, le commissaire est un marcheur vigoureux et infatigable. Il traverse régulièrement sa ville à grandes enjambées. Nombre d'enquêtes ont trouvé leur résolution, la nuit, sur ces trottoirs piétinés par son opiniâtreté. Ce goût pour la marche nocturne prend sa source dans son enfance. Son grand-père insomniaque l'emmenait souvent dans ses déambulations, à la seule condition qu'il n'en informe jamais sa grand-mère. Il avait juré, craché. Arrivait toujours ce moment où son grand-père s'arrêtait, fermait les yeux et gonflait sa poitrine en marmonnant, dans l'obscurité triomphante, un mystérieux « Respire le noir ! ». Ce qu'il s'appliquait à faire de son mieux. Ce « Respire le noir ! » l'a hanté pendant des années. Trente ans plus tard, respirer la noirceur de l'âme humaine est son quotidien.

Depuis son café avalé debout à 4 heures du matin, après qu'on l'a informé de la découverte du corps de Lucien, il n'a rien ingurgité. À grands coups de crampes sporadiques mais intenses, son estomac se rappelle brusquement à son bon souvenir. Par chance, une brasserie qui a fait du croque-monsieur au four sa spécialité lui tend les bras, à deux rues de là.

Il s'installe confortablement sur la banquette en similicuir presque aussi rouge que la petite lumière qui continue de clignoter dans un coin de son cerveau. Avec son croque-monsieur, il commande un panaché très clair à un serveur qui a largement l'âge d'être son père. Ce qui le met très mal à l'aise. Personne ne devrait être obligé de travailler à un âge aussi avancé. Décidément, la société marche sur la tête. L'homme revient avec un demi de bière. Le commissaire, embarrassé, lui explique alors que s'il a commandé un panaché très clair, c'est justement parce qu'il abhorre le goût amer de la bière. L'homme s'excuse platement. Sa servitude ne fait qu'amplifier le malaise du commissaire, qui s'empresse de minimiser l'erreur. L'homme repose le verre sur son plateau.

— Je n'ai pas toute ma tête à moi aujourd'hui. J'ai perdu mon chien hier, un Jack Russell, il avait 13 ans.

Avec une civilité héritée de sa très grande – trop grande – proximité avec la mort, le commissaire sait trouver des mots de réconfort qui vont droit au cœur du pauvre homme.

— Votre sollicitude me touche beaucoup, monsieur. Je vous remercie. Je vous rapporte votre panaché tout de suite.

Le commissaire fait suivre sa première bouchée d'une première gorgée. L'association est à se damner. Il n'a jamais été gastronome, mais il adore tous les plats simples qui lui rappellent sa mère et sa grand-mère, les deux femmes de sa vie. Il n'y en a pas de troisième, et il n'y en aura jamais. En revanche, il y a eu un homme de sa vie, mais le sida, jaloux, le lui a pris. Aujourd'hui, le commissaire avance seul dans la vie et se consacre entièrement à son travail, pour le plus grand malheur de ceux qu'il traque.

Il regrette de ne pas avoir pris un croque-madame, le goût de l'œuf lui manque. Le serveur s'occupe maintenant de la table voisine, qui a été prise d'assaut par une famille nombreuse. La commande est confuse. Le serveur a l'air perdu. Les enfants, qui parlent fort, changent sans cesse d'avis, et la mère qui, elle, au contraire, murmure – le serveur doit tendre l'oreille – choisit une salade dont elle copermute tous les ingrédients. Quant au père, qui hésite sur la cuisson de sa viande, il lui demande conseil sur un ton de réprimande : « Bleu ou saignant ? » Le serveur lui recommande saignant. Le père le dévisage comme si l'homme essayait de l'entourlouper. Mais lui, on ne la lui fait pas : « Je vais le prendre bleu. » Le serveur acquiesce sans le moindre commentaire, finit de noter la commande sur son carnet et s'éloigne d'un pas las. Et dire que ce soir, en rentrant chez lui, il n'aura même pas le réconfort de retrouver son ami poilu. Le commissaire a de la peine pour lui. Soudain lui revient le souvenir d'un vieil homme avec un chien qu'il a longuement observé mardi, au commissariat, depuis son bureau. Le vieillard patientait en salle d'attente avant d'être interrogé par l'un de ses lieutenants. Il portait son chien sur les genoux et lui faisait la conversation avec un naturel désarmant.

Le commissaire bondit tout à coup de la banquette, renversant au passage son panaché, qui vient noyer la fin de son croque-monsieur.

— L'addition, s'il vous plaît. Vite !

La famille le fusille du regard. Il sort sa carte de policier pour leur rabattre le caquet. En les regardant droit dans les yeux, tous autant qu'ils sont, il repense à une phrase écrite sur les murs des toilettes d'une boîte de nuit où un pauvre gosse avait fait une overdose : *Il y a des images du bonheur qui donnent envie d'échouer.*

En fin de journée, comme il le fait systématiquement, il a parcouru les procès-verbaux des enquêtes criminelles en cours. Et dans la déclaration de ce vieil homme, il était fait mention d'un représentant en alimentation pour chiens. Il laisse un gros pourboire au vieux serveur qui, sans le savoir, vient de lui rendre un sacré service. Il rentre au pas de course et n'a aucun mal à remettre la main sur la déclaration d'Yvon Basse. L'intuition du commissaire a été bonne. Mardi, en fin de matinée, Yvon est monté au refuge de la Vanoise afin de « *vérifier par lui-même qu'il avait bien réouvert* », ce dont il doutait en dépit des affirmations du représentant. Non seulement il a trouvé le refuge fermé, mais complètement à l'abandon. Tous les enclos étaient ouverts et dans un état déplorable. Le préfabriqué était entièrement tagué à l'extérieur comme à l'intérieur. Le peu de mobilier qui restait était détruit. Yvon Basse ne comprenait pas pourquoi « *ce type* » lui avait menti. Dans quel intérêt ? Et pourquoi lui parler de son chargement ? Ce dont il était sûr, c'est que la voiture du représentant était vide à son retour. S'il avait bel et bien déchargé sa cargaison, elle n'était plus là. Alors, où était-elle ? Son chien, dont il ne se séparait jamais, s'était mis à gratter la terre à l'arrière de l'Algeco. Intrigué, Yvon l'avait aidé en se servant d'un pieu en bois qui traînait dans les fougères. À quelques centimètres sous terre, ils avaient découvert une main de femme en décomposition avancée. Yvon, horrifié, en était tombé sur les fesses. Le choc avait été si fort qu'il avait pris son chien dans les bras et était retourné au village à pied, oubliant totalement qu'il était monté en voiture. Il avait prévenu les autorités et les avait attendues sur le pas de sa porte.

Cette main appartenait à la propriétaire du refuge, celle qu'Yvon pensait être sur l'île de la Réunion au chevet de sa mère malade. En relisant la déposition, le commissaire réalise qu'elle aussi a été égorgée. La coïncidence est trop grande. Il compare immédiatement les photos avec celles de Lucien et de ses chiens. Les similitudes lui apparaissent évidentes : c'est la même personne qui est à l'origine de tous ces crimes. Mais c'est à la scientifique de se prononcer. La déposition d'Yvon spécifie que le représentant roulait dans une Alfa Romeo rouge. Le modèle lui échappait. Bordenave parcourt rapidement la déclaration du manutentionnaire de l'hyper. « *Il a remis la clé dans la planque de Lucien. Il est remonté dans sa voiture et a filé.* » Aux questions plus précises du lieutenant, il a répondu : « *C'était une voiture rouge. Je n'y connais pas grand-chose, mais je dirais une marque étrangère.* » Pour ce qui était de la marque des boîtes, il n'en avait aucune idée.

Le commissaire décroche son téléphone :

— Convoque-moi immédiatement le jeune de l'hyper et montre-lui des photos d'Alfa Romeo rouge, et vois s'il reconnaît la voiture du type qui s'est introduit chez Lucien. Merci.

Le commissaire est sûr que c'est la même, mais il lui en faut la confirmation. En attendant, il évacue tout un tas de paperasse administrative qui envahit son bureau.

Ils finissent par mettre la main sur le manutentionnaire, qui dîne avec sa petite copine en dehors de la ville. Il reconnaît immédiatement l'Alfa rouge. L'étau se resserre sur ce représentant, sans pour autant pouvoir définir le rôle qu'il a réellement joué dans l'affaire. Ce n'est pas le tueur mais, dans les deux cas, il était présent sur les lieux.

On frappe à la porte de son bureau. Le chargé d'accueil lui annonce qu'une femme de l'hypermarché demande à le voir. Bordenave va au-devant d'elle. Il reconnaît immédiatement celle qui était assise juste en face de lui lors de son intervention.

— Bonsoir. Entrez.

Il la laisse le précéder.

— Asseyez-vous. Je vous écoute.

Simone tremble comme un attrape-soleil dans le vent. Elle a l'impression d'entendre ses os s'entrechoquer. Le commissaire lui propose un verre d'eau qui est bienvenu. Elle retrouve un peu de cet aplomb qui la caractérise.

— Je crois que l'homme qui est venu voir Lucien s'appelle Marcello Preziosi. Il est représentant en alimentation pour chiens. Il travaille pour Cane Buono. Mais c'était un frère pour Lucien. Il ne lui aurait jamais fait de mal.

— Preziosi, vous dites ?

— Oui.

Bordenave ouvre un dossier qui se trouve encore sur son bureau. Un homicide pendant un cambriolage. La victime : Mauricio Preziosi. Le propriétaire de l'appartement : Marcello Preziosi. « Ne pas avoir de chance est une faute professionnelle », lui répétait sans cesse l'un de ses instructeurs à l'école de police. Une nouvelle fois, le commissaire mesure à quel point cette maxime est exacte.

Simone rentre chez elle, l'esprit enfin libéré, quand elle bifurque en direction de chez Joël. Elle a besoin de ses bras, de sa bouche, de son corps sans plus attendre.

Bordenave s'entretient avec le procureur : ils décident d'interpeller Marcello Preziosi sur-le-champ et de faire une perquisition, aux aurores, aux entrepôts de l'entreprise Cane Buono. Bordenave a l'agréable sentiment que ce soir le bien a largement pris le dessus sur le mal. Tout bon commissaire qu'il est, il a le droit de se tromper.

42

Il ne leur reste plus que deux dîners à passer tous les quatre. Et même si les cœurs sont lourds, chacun s'applique à donner à l'instant la légèreté des jours heureux.

Djibril et Maria, affublés de tee-shirts colorés qu'ils se sont échangés, ressemblent de plus en plus à ces oiseaux somptueux, dociles et affectueux, espiègles et malins qu'on appelle les inséparables. En face d'eux, Jean-Marie et Marcello, comme deux frères adoptés par des familles différentes, profitent l'un de l'autre comme s'ils devaient ne plus jamais se revoir.

En fin d'après-midi, Marcello s'est jeté à l'eau et a rejoint la plateforme à la nage. En suivant les conseils de Djibril et de Maria, il a fait d'indéniables progrès. Sa brasse est plus coulée et ses mouvements mieux coordonnés. Il avance plus vite et s'épuise moins. Avant l'été, il pourra se vanter de savoir nager. *Tu vois, papa, je n'ai pas eu besoin de toi.*

Jean-Marie propose un toast en l'honneur de saint Adjutor : le saint patron des nageurs, des plaisanciers et des noyés. Le clin d'œil n'échappe ni à Marcello ni à Djibril, qui s'extasient devant tant d'érudition. Jean-

Marie tempère leur admiration : vingt ans sur un bateau, ça laisse du temps libre pour s'instruire. Tous lèvent leur verre. Marcello trinque « à la famille ».

À la fin du dîner, la nuit, telle une effeuilleuse de cabaret, jette sur le paysage alentour un chemisier en soie noire vaporeuse très transparent. C'est le signal que tous attendent. La table se vide sans être débarrassée. Les deux pères se réfugient dans le salon de Marcello, où des boissons ambrées les attendent avec l'impatience de maîtresses délaissées, et les deux ados en fusion plongent leurs corps volcaniques dans la douceur ouatée de l'eau du lac. Ils glissent, avec la sensualité d'une fermeture Éclair qui s'ouvre, jusqu'à la plateforme qu'ils contournent. Ainsi, à l'abri des regards, se débarrassent-ils de ces bouts de tissu étriqués qui brident leurs instincts. Comme promis, la lune est pleine. Pleine de désir. Pleine d'espoir. Pleine d'inconnu.

43

Selma roule quasi collée au volant, bien droite sur son siège, les mains fermement agrippées à 10 h 10, comme on le lui a enseigné. Depuis qu'elle a décroché son permis, elle a très peu conduit. Il lui est arrivé à quelques occasions, pour un week-end ou des vacances, de louer une voiture, mais pas plus. À chaque fois, c'est une découverte. Elle craint toujours d'avoir tout oublié, mais très vite les réflexes reviennent. Elle est bien meilleure conductrice qu'elle ne veut l'admettre.

Elle déteste rouler de nuit, mais, avec une lune pareille, elle pourrait presque éteindre ses phares. Elle continuerait à voir aussi loin que son regard porte. Pire, la lune est si éblouissante qu'elle a même dû descendre son pare-soleil. Une collègue, de garde tout le week-end, lui a prêté sa voiture. Elle l'a récupérée à la gare. La clé était aimantée sous l'aile avant gauche. Elle avait l'impression de partir en mission. Elle ne sait pas ce qui lui a pris d'accepter cette invitation, même si, au fond d'elle, elle est curieuse de revoir cet homme. C'est quand même le père de son fils, et si cette idée la met mal à l'aise, elle ne peut pas totalement l'ignorer.

Djibril semble l'apprécier. En moins d'une semaine, ils ont l'air d'avoir noué une véritable relation père-fils. Il est évident qu'il se sent bien avec lui, et ça n'a pas de prix à ses yeux. Le bonheur de son fils passera toujours avant tout. Et puis, il est à un âge où avoir un modèle masculin est très important. Curieusement, elle n'est pas du tout aussi jalouse qu'elle se l'imaginait.

Les lacets qui s'enchaînent lui donnent un peu mal au cœur. Quand elle était enfant, elle ne pouvait pas faire un voyage sans vomir, ce qui avait le don de mettre son père en rogne. Il était inconcevable pour lui qu'on ne puisse pas se retenir. Aujourd'hui, il est incontinent. Peut-être a-t-il évolué sur la question. En dehors de Marcello, Selma a connu peu d'hommes. Elle n'a pas réellement d'explication. Peut-être qu'à force de plaire trop facilement elle s'est forgé une carapace qui a fini par l'isoler. Elle a eu deux ou trois aventures quand Djibril n'était encore qu'un enfant, mais rien de véritablement sérieux. « Pour l'hygiène », s'est-elle confiée un jour à sa sœur. Elle se méfie des hommes et n'arrive jamais à véritablement se laisser aller en leur compagnie. Et puis, entre l'hôpital et son fils, elle a manqué de temps pour s'investir dans une relation durable. Peut-être que le jour où Djibril volera de ses propres ailes, il en sera autrement.

Peut-être qu'avec Marcello la magie va opérer comme la première fois. Elle y pense et, en même temps, elle s'en veut d'y penser. Et si elle se trouve un peu gourde d'être aussi romantique qu'une gamine de 15 ans, elle ne peut s'empêcher de se dire que l'histoire serait belle. Elle est persuadée, connaissant son fils, qu'il y a forcément pensé lui aussi. Peut-être même l'espère-t-il. Marcello lui-même a dû l'envisager. Peut-être que son invitation n'est finalement pas aussi innocente qu'elle en a l'air.

Décidément, toutes ces courbes qui la font danser sur son siège lui donnent un peu le tournis. Des reflets bleus, au loin, scintillent par intermittence dans ses rétroviseurs. Elle n'y prête pas attention plus que ça. Mais ils se rapprochent au fil des virages qui zigzaguent de plus en plus dans son cœur.

Une voiture de police lancée à vive allure, gyrophare allumé, sirène muette, la dépasse brutalement et la laisse littéralement sur place, si bien qu'elle croit un instant avoir calé. La voiture pie qui fuse devant elle peint d'éphémères parois bleues, enchanteresses. Si elle s'en sentait capable, Selma lâcherait volontiers son volant pour applaudir. Ce spectacle fugace la revigore. Les haut-le-cœur ne sont plus qu'un souvenir. Finalement l'irruption de cet homme dans leurs vies est peut-être une bonne chose. En tout cas, elle est décidée à lui laisser sa chance.

44

À ce stade de la soirée, si l'on se fie aux bouteilles vides et aux verres entamés sur la table basse, il n'y a pas que la lune qui est pleine. En dépit de l'alcool qui le rend volontiers volubile, Marcello réussit à tenir sa langue. Il ne révèle rien de ses intentions. Il se contente d'acquiescer aux idées de Jean-Marie. Et Dieu sait qu'il en a, des idées, Jean-Marie.

Si Livia n'habite plus depuis longtemps la divine chambre qui a abrité leurs amours, elle en est toujours l'heureuse propriétaire. Elle la loue à la semaine, en période estivale, en priorité à des jeunes filles qui voyagent seules ou entre copines. Parfois à des couples. Jamais à des hommes seuls. Le reste de l'année, la pièce est occupée par des étudiantes. Livia tient par-dessus tout à ce qu'elle reste une *chambre de filles*.

Jean-Marie a eu Livia au téléphone dans l'après-midi, et elle est prête à faire une exception pour *ce cher* Marcello. Franchement, il y a pire que disparaître quelques mois à Catane. « Le temps que tout ça se calme. » Jean-Marie sait pertinemment que cette histoire a été trop loin pour se calmer. Il cherche juste à rassurer son ami. Marcello n'est pas dupe. Tout ça ne prendra fin que dans le sang, ou au mieux deviendra-t-il l'esclave de M. Biaggi. Il remercie Jean-Marie de se donner tant de mal pour lui. Il aime bien l'idée, il va y réfléchir. Il peut aussi demander à son demi-frère qui vit du côté de Turin de l'héberger.

— C'est un Preziosi, ils risquent de l'avoir à l'œil. Méfie-toi !

Marcello n'y a pas pensé.

— Peut-être devrais-je le prévenir des risques qu'il encourt.

— Ça ne ferait que l'affoler et ça n'empêcherait pas le danger.

Jean-Marie a raison.

— Non, crois-moi, Catane, c'est plus sûr, et puis ton fils sera tellement heureux de t'y rejoindre.

Au ton sur lequel il dit ça, Marcello comprend qu'il est au courant pour sa fille et Djibril.

— Tu sais depuis quand ?

— Je crois que je le savais avant qu'eux-mêmes ne l'envisagent.

— Et qu'est-ce que tu en dis ?

— J'en dis qu'ils sont jeunes, beaux, insouciants et qu'ils ont bien raison d'en profiter. Et si en tant que père j'avais mon mot à dire sur le petit copain de ma fille, sans hésitation, je choisirais Djibril.

Les deux hommes tombent dans les bras l'un de l'autre.

— Et si on buvait au « rapprochement » de nos familles ?

— C'est sans aucun doute la chose la plus intelligente que tu aies dite ce soir.

Marcello va aussitôt chercher une nouvelle bouteille dans sa réserve.

45

La lune, qui s'aime ronde, se mire dans l'eau du lac. Maria nage vers Djibril avec un regard qu'il ne lui connaît pas. Il comprend tout de suite. Son cœur tout mouillé se ratatine. Elle colle sans hésitation sa bouche à la sienne et noue ses jambes autour de sa taille. Tout naturellement, le bassin de Djibril se soude au sien. Maria, mue par tout le savoir des femmes qui l'ont précédée, le guide en elle, avec douceur, sans le quitter des yeux. Où va-t-elle chercher cette assurance qu'il n'a pas ? Plus fébrile, il dégage juste une mèche de cheveux de Maria qui s'est plaquée sur son front. Il ne veut rien perdre des traits de son visage. Délicatement, il dépose un baiser sur chacun de ses seins qui flottent comme deux petites balises à la surface du lac. Puis leurs bouches se retrouvent. Très vite, ils se mettent à haleter à l'unisson, les yeux fermés pour ne rien oublier.

Concentrés sur le plaisir qu'ils se donnent, ils n'entendent pas, dans les bois, le son étouffé des moteurs, équipés de silencieux, ni n'aperçoivent les phares des motos, dont les ampoules ont été changées par d'autres dont l'intensité ne dépasse pas celle d'une veilleuse, juste de quoi lire le terrain sous la roue avant. Ces motos, s'ils les voyaient, ils les reconnaîtraient, ce sont celles qu'ils ont repérées dans l'après-midi. Sur leurs selles, nul adolescent s'adonnant à sa passion comme ils l'ont cru à tort, mais des tueurs précautionneux venus repérer les lieux et organiser leur fuite. Ils ont dissimulé leurs engins derrière des arbres touffus.

Par une nuit ordinaire, les deux spadassins en combinaison et casque noir seraient totalement invisibles. Mais rien n'est ordinaire cette nuit-là. Ils décident sagement d'attendre, accroupis au milieu des fougères, que la nuit s'encre. Avec cette lune parfaite, ils sont nombreux, les badauds, à traînasser dehors plus tard qu'à l'accoutumée, la tête levée, à bavasser et à rêvasser. Ils relèvent leur visière. Nul besoin de voir à travers leurs cagoules pour reconnaître Gino et son frère. Deux fauves à l'affût. Deux fauves blessés. C'est à leur jeune frère que Marcello a fait la peau. Ils ont pourtant promis à leur mère qu'il ne lui arriverait rien, qu'ils veilleraient sur lui, qu'ils assureraient ses arrières. Mais, ce jour-là, ils n'étaient pas là. Ce jour-là, leur frérot était seul pour réceptionner la livraison. Ce jour-là, tout aurait dû se dérouler autrement. Ce contrat est à la fois celui de la vengeance et celui de la dernière chance. Ils ont beaucoup à se faire pardonner. Depuis ce jour-là, ils ne sont plus eux-mêmes. Ils se sont trompés de cible comme de vulgaires amateurs et se sont montrés incapables de faire parler un pauvre ivrogne. Cela n'a pas été du goût de M. Biaggi. Il a été très clair : ou ils réglaient le problème ce soir ou, au petit matin, ils seraient orphelins. « Mais rassurez-vous, avait-il ajouté, si tel devait être le cas, je vous adopterais, vous êtes si mignons. »

Ils le craignent encore plus aujourd'hui que lorsqu'il les a recrutés, au sortir de la préadolescence.

Soudain, comme échappés d'un ciel pommelé, des nuages complices viennent s'immiscer entre le camping et la lune, occultant son éclat juste le temps nécessaire pour que deux ombres se faufilent, l'une derrière l'autre, incognito, jusqu'au bungalow. Dos au bâtiment, elles vissent calmement de drôles de petits tubes sur le canon de leurs armes, rabaissent leurs visières puis, après s'être synchronisées d'un mouvement de tête, font irruption dans le salon par la baie vitrée entrouverte, au moment même où Marcello et Jean-Marie, debout, trinquent à leurs enfants. Il y a dans leurs yeux la pudeur d'un bonheur partagé. Pas de quoi émouvoir les deux frères, qui tirent chacun deux balles. Dans un geste illusoire, Marcello se jette au-devant de Jean-Marie. Il lui doit une vie et bien plus. Quel meilleur moment pour s'acquitter de sa dette ? Il sent la première balle frapper son abdomen, et la deuxième sa poitrine. L'impact de la troisième lui arrache un sourire et un peu de cervelet aussi. Il s'écroule sur Jean-Marie.

Les deux assassins, soucieux de faire du travail propre, s'approchent des corps pour les achever d'une balle en pleine tête quand le gyrophare de la voiture de police balaye tout l'intérieur du salon, déversant brusquement une peur bleue sur leurs visages sans traits. Le temps que les policiers frappent à la porte et fassent le tour du bungalow, les deux sicaires ont disparu dans les bois.

Derrière la plateforme flottante, deux corps juvéniles à la beauté obscène gémissent puis frémissent de plaisir. Quelques millilitres de sang et de sperme se diluent dans les 700 000 et quelques mètres cubes d'eau du lac. Un détail insignifiant pour la nature, un événement ébouriffant dans la vie de ces jeunes humains.

46

Selma, arrivée quelques minutes après la police, ne peut rien faire pour Marcello. La troisième balle ne lui a laissé aucune chance. Elle lui ferme les yeux et dépose un long et tendre baiser sur ses lèvres. Il lui faudra du temps pour s'expliquer ce geste, même si sur l'instant elle doit mettre des mots dessus, essentiellement à l'intention des policiers qui la regardent, interloqués : « C'est le père de mon fils. »

De l'autre côté de la baie vitrée, que l'on a pris soin de refermer pour ne pas polluer la scène du crime, Djibril et Maria, hébétés, sont enveloppés dans des couvertures de survie dorées après avoir surgi nus du lac, arrachés violemment à leur intimité par les hurlements de Selma et les appels répétés des policiers. Assis sur la table en bois encore encombrée des restes de leur dîner si guilleret et si lointain, les pieds sur le banc, immobiles, ils ressemblent à deux jeunes monarques sur leurs trônes, sculptés dans l'or d'un royaume disparu, l'enfance.

Bien que bouleversée, Selma retrouve vite son sang-froid de professionnelle. Son intervention permet de maintenir Jean-Marie en vie jusqu'à ce qu'une cohorte de véhicules de secours, aux sirènes bégayantes, envahisse les lieux. Les habitants des bungalows qui ne dorment pas encore ne dormiront pas de sitôt, et ceux qui sommeillaient déjà viennent de se réveiller brusquement. Avant d'imposer le silence, la mort fait un raffut de tous les diables. Là, les diables sont deux et ils sont déjà loin. Vengés et réhabilités, Gino et son frère filent sur leurs deux-roues trafiqués rejoindre *mamma e papà* avec la bénédiction de la lune, que plus personne ne regarde, et qui prend sa revanche en éclairant la face sombre des Terriens. Le *petit bout d'Amérique* n'a jamais vécu un tel chaos.

Comme s'il était vital de dissimuler la mort, de la soustraire aux regards des bien portants, le corps sans vie de Marcello est hâtivement recouvert. Puis, dans un claquement définitif, les portes arrière d'un véhicule du Samu l'engloutissent avant d'être à leur tour avalées par la nuit.

Djibril, qui s'est rhabillé, tente bien d'accompagner son père, mais le commissaire Bordenave, tout juste arrivé, l'en dissuade. Il a des questions à lui poser et *non, ça ne peut pas attendre*. Il doit sans tarder les entendre, lui et Maria.

Djibril n'insiste pas. Il n'en a ni la force ni le courage, contrairement à Maria qui se cramponne littéralement à son père et refuse catégoriquement de le laisser partir seul.

— Il a besoin de moi, hurle-t-elle.

Devant la crise de furie subite de la jeune fille, les brancardiers et les policiers médusés font un pas en arrière. Il faut toute la délicatesse et le savoir-faire de

Selma pour la calmer et la convaincre de lâcher Jean-Marie. Sans s'approcher d'elle, pour ne pas la brusquer, elle lui tend la main comme elle le ferait avec un suicidaire au bord du vide. Maria l'empoigne violemment et du même coup se détache de son père.

Profitant de ce que sa fille concentre sur elle toutes les attentions, d'un doigt sur la bouche, Jean-Marie, à bout de forces, invite Djibril au silence. Celui-ci se souvient alors de la conversation qu'ils ont eue dans la voiture quand ils revenaient du refuge et consent d'un clignement d'yeux. Puis il s'approche de Selma et de Maria et les prend toutes les deux dans ses bras. Cet îlot de beauté tranche crûment avec la laideur de la situation, pense le commissaire Bordenave en s'écartant de l'ambulance qui emmène Jean-Marie à vive allure.

L'unique projectile qui l'a frappé est passé à quelques centimètres du cœur. Son opération sera longue et délicate, mais se soldera par un succès. Le chirurgien qui la pratiquera rendra un vibrant hommage à Selma.

Les policiers sur place repèrent vite les traces de deux motos dans les bois. Djibril et Maria confirment en avoir aperçu la veille, près des bungalows. Malheureusement, ils n'ont pas prêté attention aux pilotes. Ils s'en veulent de ne pas avoir été là. Ils s'en veulent d'être sains et saufs alors que leurs pères…

Le commissaire, qui sent poindre chez eux les premiers symptômes de ce mal incurable, la culpabilité, fait tout pour les rassurer.

— Vous ne pouviez pas savoir. Où étiez-vous quand c'est arrivé ?

— Dans l'eau, de l'autre côté de la plateforme. On faisait l'amour.

Maria répond en regardant Bordenave droit dans les yeux, sans rougir le moins du monde. Djibril est cramoisi pour deux.

— Alors dites-vous que l'amour vous a sauvé la vie. Ils n'auraient pas hésité à vous abattre. Vous n'auriez pas fait le poids. Ce sont des tueurs professionnels qui ont tiré sur vos pères. Si vous savez quelque chose, dites-le-moi maintenant. Chaque seconde qui passe amenuise nos chances de mettre la main sur les meurtriers.

Les deux adolescents restent muets. Ils n'ont rien vu, rien entendu, ils ne savent rien. Les déclarations de Selma et des policiers qui les ont trouvés corroborent leurs dires. Pourtant une petite voix souffle au commissaire Bordenave que Djibril en sait plus qu'il ne veut bien l'admettre. Peut-être en apprendra-t-il davantage quand Jean-Marie sera en mesure de répondre à ses questions. Mais il en doute.

Quelque part dans la nuit, une radio crachote. Un policier au souffle court se précipite vers le commissaire. Tous les deux s'engouffrent dans un véhicule de police banalisé aux vitres teintées. Les portières claquent et un silence angoissé s'empare du camping. Inconsciemment, tout le monde a convergé vers la voiture. Seul un bruit sourd suinte à travers la carrosserie. Le temps s'est arrêté.

Brusquement, la portière côté passager s'ouvre et le commissaire descend du véhicule. Une armée de statues de sel lui fait face. D'un geste autoritaire, il incite tout le monde à se regrouper. Sa voix de stentor se met à rebondir de tronc en tronc comme une balle de ping-pong.

— À une vingtaine de kilomètres d'ici, deux motards ont forcé le barrage d'un contrôle d'alcoolémie. Une des motos a percuté un des véhicules de police et le conducteur est mort sur le coup. L'autre a été abattu. Nos collègues ont trouvé des armes sur eux. D'après l'officier sur place, elles auraient servi il y a tout juste quelques heures. Il est donc fort probable que nous tenions nos tueurs.

L'envie d'applaudir picote toutes les mains, mais par dignité on s'en abstient.

Pour le commissaire Bordenave, il ne reste plus qu'à espérer que les corps des deux motards seront plus bavards que les protagonistes encore vivants de ce drame.

47

— Je t'expliquerai plus tard, rétorque Jean-Marie en réajustant sa position dans le fauteuil roulant qui lui est pour l'heure indispensable pour se déplacer.

Djibril comprend qu'il n'est pas près de savoir pourquoi il arbore ce bonnet et ces lunettes de ski avec son très élégant costume noir. Mais le plus important est qu'il soit là. Djibril a craint jusqu'au dernier moment que Jean-Marie ne puisse assister aux obsèques. Il n'est sorti de l'hôpital que la veille au soir. Il est très affaibli, mais décide de n'en rien montrer. Maria et Livia sont là, bien sûr. Livia est arrivée dès le lendemain de l'accident. Selma et elle ont immédiatement reconnu en l'autre une sœur. Elles ont passé ces derniers jours à épauler leurs enfants dans l'épreuve qu'ils traversaient. Ugo est venu seul, en voiture, depuis Turin. À peine a-t-il refermé sa portière que Djibril s'est précipité dans ses bras. Ils sont restés un long moment sans rien dire. Puis ils ont souri en se remémorant l'épisode du Stadio delle Alpi.

— Des histoires pareilles, on en lit tous les jours dans les journaux italiens, mais on ne s'imagine pas qu'elles puissent frapper votre propre famille, dit le fervent lecteur de *La Stampa* en apprenant les circonstances tragiques de la mort de son demi-frère.

Sa peine est profonde et entière, et le « demi » a été vite avalé pour laisser dans sa bouche toute la place au frère.

Pour leur part, Simone et Monique ont effectué le trajet ensemble dans la voiture de Simone. La disparition de Marcello n'a fait qu'accentuer le coup de vieux que Simone a pris après le décès de Lucien. Elle a aussi beaucoup maigri. Pourtant sa vie personnelle connaît une embellie qu'un mois plus tôt elle n'aurait pas crue possible. Ce n'est évidemment ni le moment ni l'endroit, mais elle ne peut s'empêcher d'annoncer à Djibril que Joël et elle ont décidé de se marier l'année prochaine. D'ailleurs, elle sera terriblement heureuse s'il accepte d'être son second témoin. Car tout ça, c'est quand même un peu grâce à lui. Évidemment, Djibril dit oui. Quant à Monique, elle aussi a pris un coup de vieux et perdu quelques kilos sans aucune raison particulière, si ce n'est de continuer à ressembler à Simone.

L'un à côté de l'autre, Nathalie et Olivier se tiennent un peu en retrait. Les ravages de la tristesse se lisent sur leurs visages. Intrigué par ce couple, Djibril se présente à eux. Quand il comprend qu'ils travaillaient tous les deux avec son père, il ne les lâche plus et les abreuve véritablement de questions.

Le commissaire Bordenave passe à l'improviste présenter ses hommages à la famille. Il fait du même coup la connaissance de Livia et d'Ugo. En apprenant les liens de parenté de ce dernier avec le défunt, il lui laisse entendre qu'il apprécierait qu'il passe le voir à son bureau avant son départ. Et il rappelle à Jean-Marie qu'il compte sur lui le lendemain en fin d'après-midi.

— Vous n'avez qu'à venir ensemble.

Puis il se tourne vers Djibril et sa mère.

— Ah, j'allais oublier… J'ai retrouvé ce Polaroid au milieu d'un tas de pièces à conviction que nous avons saisies au bungalow, je me suis dit que vous voudriez sûrement le récupérer.

Djibril tend la main et hésite à le prendre. Sans lui, son père serait encore vivant. Finalement, Selma s'en saisit et le glisse dans son sac.

Il est maintenant l'heure de rallier les embarcations et de rejoindre le centre du lac. Seul Jean-Marie est condamné à rester sur la terre ferme. On se dispatche comme on peut dans les barques, en faisant bien attention à ce qu'il y ait une personne par équipage qui sache un tant soit peu ramer.

« Essayez quand même de bien répartir les poids », suggère Jean-Marie dans l'indifférence générale. En tant qu'ancien marin, il est bien placé pour savoir que ceux qui prennent le large ont pour vilaine manie de n'accorder aucun intérêt aux propos de ceux qui restent au sec.

Après quelques coups de rames, quelques cris et une ou deux frayeurs, tout ce petit monde se regroupe au beau milieu du lac. Maria est la première à lire une lettre de son père adressée à Marcello. À sa suite, Ugo évoque son frère, et enfin Djibril, soutenu par sa mère, trouve de bien jolis mots pour parler de son père récemment apparu dans sa vie. Les larmes sont si nombreuses que, dans une ou deux barques, on est à deux doigts d'écoper.

À la fin de son discours, Djibril sort d'un sac l'urne funéraire. Il plonge la main dedans et jette une poignée de cendres dans le lac. Puis c'est au tour d'Ugo, suivi de Selma, qui doit réprimer des sanglots. Maria et Livia en font autant. Enfin l'urne passe de barque en barque, avant de revenir dans les mains de Djibril, qui l'agite tête en bas au-dessus de l'eau une dernière fois afin de s'assurer qu'il ne reste plus rien dedans et, calmement, la remet dans le sac.

Il règne un incroyable silence. Le lac est miroir. Tout le monde est assis, les barques dérivent, chacune à son rythme. Le ciel ne demande qu'à être peint. Alors Djibril retire sa veste, défait le nœud de sa cravate, déboutonne sa chemise, ôte ses chaussures et ses chaussettes, enlève son pantalon et saute dans le lac en hurlant :

— Venez vous baigner avec mon père !

Après un instant de sidération, tous, sans exception, se dévêtissent et se jettent à la baille, dans une joyeuse cacophonie.

Seul sur la berge, Jean-Marie peste de ne pouvoir participer à la fête. Mais il promet à Marcello de revenir très vite nager à ses côtés.

48

Quelques jours après l'enterrement, Jean-Marie part en convalescence à Catane, où Livia et Maria veillent sur lui vingt-quatre heures sur vingt-quatre. Il est question qu'avant l'été il puisse à nouveau se déplacer par lui-même.

Djibril ne retourne pas au lycée. Selma s'est mise en disponibilité afin de s'occuper de lui. Une discussion avec leur psychologue l'a convaincue d'emmener Djibril au bled pour qu'il fasse enfin la connaissance de ses grands-parents et de ses cousins, cousines, oncles et tantes. Après quelques semaines sur place, il retrouve le sourire. D'un commun accord, la mère et le fils décident de s'installer définitivement au Maroc. Selma trouve un poste dans un dispensaire et Djibril, après un été lumineux passé entre oliviers marocains et siciliens, reprend sa scolarité au lycée français de Casablanca. Il fait d'énormes progrès en arabe. Son grand-père est particulièrement fier de lui. Ils échangent beaucoup ensemble. En prévision des vacances de la Toussaint, son oncle Ugo lui fait parvenir un billet d'avion afin qu'il vienne assister au match entre la Juventus et le grand Milan AC. Il conclut sa lettre par : « *Ton oncle qui t'aime* ».

Quant au commissaire Bordenave, inlassablement, il arpente la nuit avec six cadavres sur les bras.

Remerciements

À Thierry Grillet pour avoir cru en moi.

À Sofia Bengana pour sa confiance.

À Frédérique Polet (et son équipe) pour ses conseils avisés et sa bienveillance.

À mes parents et mon frère, mes premiers lecteurs attentifs.

Imprimé en France par
CPI Bussière
en avril 2024

Composition réalisée par Nord Compo à Villeneuve-d'Ascq

#lisez! engagé
www.lisez.com
Pour plus d'information :
Imprimé sur du papier issu de forêts gérées durablement.

N° d'impression : 2077605